W0284731

MARTA BREEN (Hrsg.)

»ICH BIN NICHT AUFBRAUSEND. ICH HABE NUR EINE KÜRZERE REAKTION AUF BULLSHIT.«

MARTA BREEN (Hrsg.)

»ICH BIN NICHT AUFBRAUSEND. ICH HABE NUR EINE KÜRZERE REAKTION AUF BULLSHIT.«

ELIZABETH TAYLOR

& ANDERE FEMINISTISCHE SPRÜCHE

btb

VORWORT

Die Anarchistin und Feministin Emma Goldman (1869-1940) wollte kein Teil einer Revolution sein, bei der man ihr das Tanzen untersagte. In ihren Augen waren die damalige amerikanische Linke und die Frauenbewegung von Puritanismus durchzogen, von dem sich die gebürtige Litauerin scharf distanzierte. Als sie schließlich nach über dreißig Jahren in den USA ins sowjetische Russland deportiert wurde, war sie wiederholt unter anderem aufgrund der Verbreitung von Informationen zur Empfängnisverhütung inhaftiert worden.

Der feministische Kampf ist ernst und erzählt viele traurige Geschichten wie diese. Manchmal fühle ich mich davon fast erschlagen. Seit über 150 Jahren kämpfen Frauen für ihre Rechte, und noch immer wird in weiten Teilen der Welt großer Widerstand geleistet. Wenn mich das Gefühl der Hoffnungslosigkeit überkommt, hilft es mir, denen zuzuhören, die vor uns gekämpft haben: klugen Frauen, die Meisterinnen der Wortwahl waren. Die uns mit ihrer präzisen Beschreibung der Wirklichkeit inspirieren. Die mutig durch große Krisen gegangen sind, aber nie ihre Lust am Tanzen und Lachen verloren. Frauen wie die amerikanische Anti-Sklaverei-Aktivistin Sojourner Truth (1797-1883), die sagte:

Das Leben ist schon hart genug. Wenn wir beim Kampf für die Freiheit ein bisschen lachen und singen, geht alles leichter. Ich will nicht, dass das Licht in meinem Leben von der Dunkelheit beherrscht wird, die mich umgibt.

Bis heute werden in den Medien, in akademischen Abhandlungen und in den Festsälen der Welt Männer erheblich häufiger zitiert als Frauen, wodurch der Eindruck entstehen kann, dass sie klüger und lustiger seien, was natürlich nicht stimmt.

Aus diesem Grund sammle ich seit Jahren Zitate von Frauen, die mich auf die eine oder andere Art berührt haben, wie eine Art Hobby. In diesem Buch habe ich Klassiker, alte Lieblingsstücke und neue Beiträge aus Interviews, Kolumnen, Büchern und sozialen Medien zusammengestellt. Benutze sie für deine Reden und wenn du mit anderen sprichst oder mit dir selbst im Spiegel einen Dialog führst.

Marta Breen

Wenn ich nicht tanzen kann, ist es nicht meine Revolution.

EMMA GOLDMAN,
ANARCHISTIN UND
FRAUENRECHTLERIN

Im Post-Patriarchat werde ich Post-Feministin sein.

ANDREA BOWERS, KÜNSTLERIN
UND AKTIVISTIN

Menschen geben ihre Macht meist dadurch auf, dass sie glauben, keine Macht zu besitzen.

ALICE WALKER, AUTORIN

Wer unterdrückt wird, entwickelt Kompetenzen. Wenn du das Glück hast, dich aus Unterdrückung befreit zu haben, bist du dank dieser Werkzeuge besser für den Lebenskampf gerüstet.

VIGDIS HJORT, AUTORIN

Wir dürfen frauenhassende Männer den Feminismus nicht auf männerhassende Frauen reduzieren lassen.

JESSICA HALLBÄCK,
FEMINISTISCHE KÜNSTLERIN

Ich musste mir das falsche Lächeln abgewöhnen, diesen nervösen Tick aller jungen Mädchen. Was dazu führte, dass ich viel weniger lächelte, denn in Wahrheit hatte ich nicht viel Grund dazu. Meine »Traum-Aktion« für die Frauenbewegung ist ein Lächelboykott. Wir erklären, dass alle Frauen sofort ihr »bezauberndes« Lächeln einstellen und es nur noch dann zeigen, wenn ihnen wirklich danach ist.

SHULAMITH FIRESTONE,
FRAUENRECHTLERIN

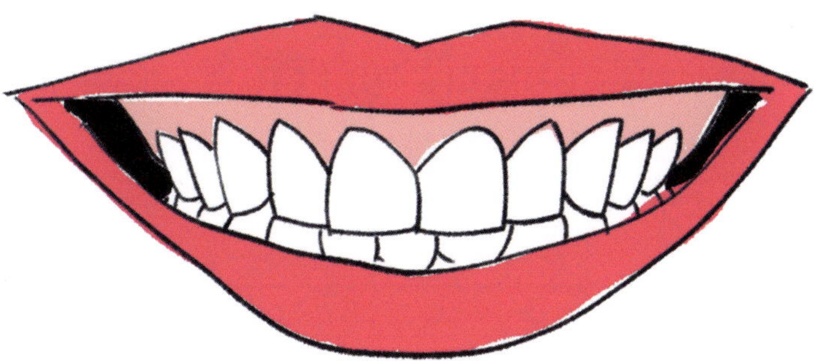

Geh niemals wütend zu Bett. Bleib wach und kämpfe!

PHILLIS DILLER,
SCHAUSPIELERIN

Werd erwachsen und hör auf, deiner Mutter die Schuld zu geben!

SARAH KANE, DRAMATIKERIN

Nicht einmal einen Mann, der eine Frau zu Tode tritt, fragt man, ob er Frauen hasst. Aber machen wir auf Gewalt gegen Frauen aufmerksam, konfrontiert man uns ständig mit der Frage, ob wir Männer hassen, und das ist, verdammt noch mal, komplett bescheuert.

KATARINA WENNSTAM, AUTORIN

Biologie. Jene Wissenschaft, die für alles ein Motiv liefert: vom Völkermord bis zum Gehaltsunterschied.

NINA ÅKESTAM, AUTORIN

Wenn du durch die Hölle gehst, geh einfach weiter.

SUZANNE BRØGGER, AUTORIN

Du musst lernen, vom Tisch aufzustehen, wenn keine Liebe mehr serviert wird.

NINA SIMONE, SÄNGERIN

Keine herrschende Klasse hat je kampflos auf Privilegien verzichtet.

SUSAN SONTAG, PHILOSOPHIN UND AUTORIN

Radikalismus ist das einzig Verantwortungsvolle.

LAN MARIE BERG, POLITIKERIN

Zweifle nie daran, dass eine kleine Gruppe bewusster, engagierter Bürger die Welt verändern kann; das ist schlichtweg die Art, wie sich Wandel vollzieht.

MARGARET MEAD, ANTHROPOLOGIN

Das ist alles,
was du zum Leben brauchst:
ein Computer,
eine Kamera und eine Katze.

AGNES VARDA, REGISSEURIN

Echte, dauerhafte Veränderung erfolgt Schritt für Schritt.

RUTH BADER GINSBURG,
JURISTIN UND RICHTERIN
AM OBERSTEN GERICHTSHOF
DER VEREINIGTEN STAATEN

Als junge Frau war sexuell belästigt zu werden für mich ein Dauerzustand.

HELEN MIRREN, SCHAUSPIELERIN

Gewalt hat keine Rasse, keine Klasse, keine Religion und keine Nationalität, aber ein Geschlecht.

REBECCA SOLNIT, AUTORIN

Ein Mädchen sollte zwei Dinge sein: Wer sie will und was sie will.

COCO CHANEL, MODESCHÖPFERIN

In einer rassistischen Gesellschaft ist »nicht rassistisch« zu wenig. Wir müssen Antirassisten sein.

ANGELA DAVIS, PROFESSORIN
UND POLITISCHE AKTIVISTIN

Eine selbstbestimmte Frau hat vor der Hochzeit Sex und danach einen Job.

GLORIA STEINEM, JOURNALISTIN
UND FRAUENRECHTLERIN

Manchmal schäme ich mich dafür, dass meine Kinder in einem Haushalt aufwachsen, der in Staub und Schmutz versinkt. Aber ich glaube, die Scham wäre erheblich größer, wenn sie von mir lernen würden, dass es normal ist, eine Philippina für einen Hungerlohn hinter sich her putzen und aufräumen zu lassen.

TUVA ØRBECK SØRHEIM,
VERLAGSCHEFIN

Man nennt es »Bekenntnisliteratur«, wenn Frauen von ihren Wunden berichten. Männer, die das Gleiche tun, sind dagegen »groß, stark und nackt«.

KATARINA WENNSTAM, AUTORIN

Greift man dich persönlich an, nimmst du es stillschweigend hin. Du machst die Demütigung mit dir selbst aus. Aber sobald du erkennst, dass du Opfer eines strukturellen Bestandteils unserer Kultur geworden bist, wird es einfacher zurückzuschlagen.

SIRI HUSTVEDT, AUTORIN

Um die Feministinnen der 70er Jahre herabzuwürdigen, genügt es, auf ihre Wut hinzuweisen. So als ob sie unberechtigt gewesen wäre. Es geht ganz einfach darum, dass Frauen weniger Handlungsspielraum besitzen.

LINE BAUGSTØ, AUTORIN

Ich verstehe nicht, warum etwas glaubwürdiger sein soll, nur weil es langweilig erzählt wird.

FERNANDA NISSEN, AUTORIN
UND JOURNALISTIN

Als Feministin hast du ständig zu tun. Im Schaukelstuhl sitzen und Pullover für die Enkel stricken, kannst du vergessen.

EBBA WITT-BRATTSTRÖM,
LITERATURPROFESSORIN

Ich kenne viele, die sich gleichberechtigt fühlen. In der Regel sind sie männlich.

NINA SOLVAN, TIERÄRZTIN

Frauen können nicht befreit werden, ohne dass Männer an Macht verlieren.

SUSAN SONTAG, PHILOSOPHIN
UND AUTORIN

Bist du deiner Zeit nicht voraus, kommt sie nie.

BERIT ÅS, PROFESSORIN

»Nein« ist ein vollständiger Satz.

ANNE LAMOTT, AUTORIN

In Frankreich, wie auch im Rest der Welt, gibt es männliche Intellektuelle, die so tun, als ob von Frauen geschriebene Literatur einfach nicht existiert.

ANNIE ERNAUX, AUTORIN

Erfolg und Erfüllung im Leben solltest du mit deinem Partner erreichen, nicht trotz ihm.

GEMMA HARTLEY, AUTORIN

Die einzig authentische Handlung einer Frau ist Aufruhr.

SIMONE DE BEAUVOIR, AUTORIN UND PHILOSOPHIN

Die Natur der Macht ist nicht böse. Es ist wichtig, Macht über sein eigenes Leben zu haben und sich selbst zu besiegen. Das Problem entsteht, sobald man auf den Geschmack kommt, jemand anderen zu besitzen.

JAMAICA KINCAID, AUTORIN

Ich mag die schockierte Reaktion der Leute, wenn man »Fotze« sagt. Als ob ich eine Atombombe, einen Tiger oder eine Pistole in der Unterhose hätte.

CAITLIN MORAN, AUTORIN

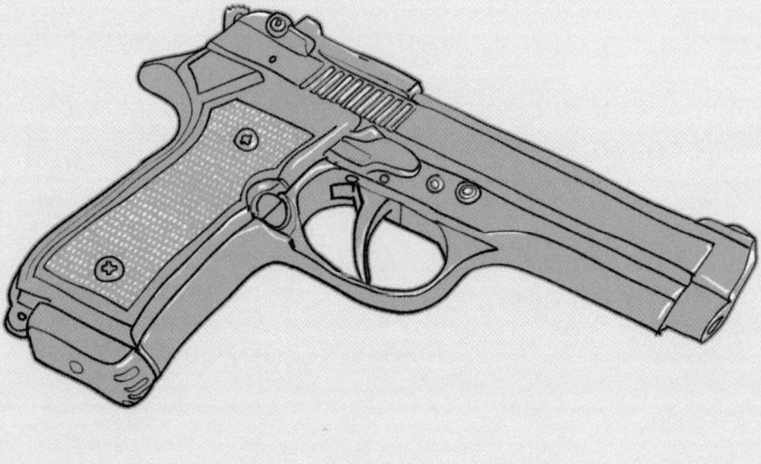

Ich träume von dem Tag, an dem jedes Kind ein »Wunschkind« ist, alle Männer und Frauen gleichberechtigt sind und Sexualität für Liebe, Genuss und Zärtlichkeit steht.

ELISE OTTENSEN-JENSEN,
FRAUENRECHTLERIN

Es gibt kein Tor, kein Schloss und keinen Riegel für die Freiheit meiner Gedanken.

VIRGINIA WOOLF, AUTORIN

Um eines klarzumachen: Es ist das Geld, das den Männern die Macht gibt, die Show zu rocken. Es gibt ihnen die Macht, Werte festzulegen. Sie entscheiden, was sexy und was weiblich ist. Das ist lächerlich!

BEYONCÉ, KÜNSTLERIN

Ich bekomme Krämpfe
von diesem ewigen Lächeln.
Warum wird erwartet,
dass Frauen pausenlos strahlen?
Das ist ungerecht.
Sieht ein Mann ernst aus,
nimmt man automatisch an,
dass er seriös ist,
nicht unglücklich.

KÖNIGIN ELISABETH II.

Ja, ich bin oft wütend, aber mir ist klar, dass ich ohne diese Wut so deprimiert wäre, dass ich kaum noch aus dem Bett käme.

BERIT ÅS, PROFESSORIN

Wenn du nicht außer dir bist vor Wut, hast du nicht richtig hingesehen.

HEATHER HEYER, AKTIVISTIN

Behalt deine Rosen, deck lieber den Tisch.

MÄRTA TIKKANEN, AUTORIN

Spiel nie Prinzessin, wenn du Königin sein kannst: Regiere dein Königreich, schwing das Zepter, trag eine Krone aus Gold. Doch tanz barfüßig wie eine Amazone statt in gläsernen Schuhen, die dir die Zehen zerschneiden.

SARAH MCMANE, POETIN

Einen Orgasmus vorzutäuschen ist armselige Schwesternsolidarität.

MAREN UTHAUG, AUTORIN

Ich verschwende meine Zeit nicht mehr mit unpolitischen Menschen.

JENNIFER LAWRENCE, SCHAUSPIELERIN

Es wird immer Leute geben, für die du »zu viel« bist. Aber das sind nicht deine Leute.

GLENNON DOYLE, AUTORIN

Wenn eine Frau auch nur halbwegs schnell denkt, heißt das »Intuition«.

BARBRO ALVING, JOURNALISTIN

Wir müssen aushalten können, dass auch Frauen auf die Schnauze fallen. Das tun Männer schon seit jeher.

CECILIE MOSLI, SCHAUSPIELERIN UND REGISSEURIN

Ich entscheide, ob ich schön bin. *Ich* entscheide, ob ich stark bin. *Ich* entscheide über meine Geschichte – nicht du.

AMY SCHUMER, KOMIKERIN

Nur weil Männer in grauen Anzügen mit Kurzhaarschnitt irgendwann einmal den Begriff »Seriosität« definiert haben, heißt das nicht, dass sich für immer und ewig alle danach ausrichten müssen.

HADIA TAJIK, POLITIKERIN

Mittlerweile erziehen wir unsere Töchter eher wie Söhne ... aber nur wenige trauen sich, ihre Söhne wie Töchter zu erziehen.

GLORIA STEINEM, JOURNALISTIN
UND FRAUENRECHTLERIN

Erst wenn du deinen guten Ruf verloren hast, wird dir klar, was für eine Belastung er war.

MARGARET MITCHELL, AUTORIN

Ich habe hart dafür gearbeitet, dass meine Tochter eine »Bitch« wird.

TOVE SMAADAHL, POLITIKERIN

Macht ermöglicht es einem, völligen Blödsinn zu reden und trotzdem seine Glaubwürdigkeit zu behalten. Machtlosigkeit dagegen bedeutet, dass du niemanden überzeugst, ganz egal, wie viele gute Argumente und Beweise du hast.

CATHARINE A. MACKINNON, AUTORIN

Ich höre oft: »Sie haben so viele starke Rollen gespielt.« Ich antworte dann: »Haben Sie das je zu einem Mann gesagt?« Nein! Denn es wird *erwartet*, dass Männer anders sind. Warum gilt nicht der gleiche Maßstab für Frauen?

MERYL STREEP, SCHAUSPIELERIN

Ich habe mein ganzes erwachsenes Leben lang in der Modebranche gearbeitet. Diese Industrie hasst dicke Frauen mehr als Vergewaltiger.

LUCY BIRLEY, MODELL UND FOTOGRAFIN

Es gibt einen großen Unterschied zwischen einem, der Scheiße baut, und einem Scheißkerl. Ein Scheißkerl besteht auf seinem Recht, andere zu drangsalieren, während jemand, der Scheiße baut, Ablehnung und Kritik als guten Rat annimmt.

HANNAH HELSETH, SOZIOLOGIN

Jedes Mal, wenn wir verschweigen, was wir sagen möchten, sterben wir.

YOKO ONO, KÜNSTLERIN

Selbst das Beste wird geschmacklos, wenn man es aufgezwungen bekommt.

MADAME DE SÉVIGNÉ, AUTORIN
UND BRIEFSCHREIBERIN

Sogar auf meinem Totenbett werde ich noch lachen.

CHRISTINE KOHT, KOMIKERIN

Ich will dir sagen, was Freiheit für mich bedeutet: keine Angst zu haben.

NINA SIMONE, KÜNSTLERIN

Niemand ist mächtiger als ein dickes Mädchen, dem alles egal ist.

KAT HERNANDEZ,
FIGUR AUS DER SERIE »EUPHORIA«

Trotz aller Herausforderungen, denen wir gegenüberstehen, bin ich davon überzeugt, dass die Zukunft weiblich ist.

HILLARY CLINTON, POLITIKERIN

Wenn Menschen in Machtpositionen nicht mehr auf das Volk hören, ist es an der Zeit, sie auszutauschen.

ASTRID LINDGREN, AUTORIN

Wenn man dir keinen Sitzplatz anbietet, stell einen Campingstuhl auf.

SHIRLEY CHISHOLM,
POLITIKERIN

Vaginale Orgasmen haben nur Männer.

LONE FRANK, AUTORIN UND JOURNALISTIN

Wir Frauen können die Stimme in uns, die sagt: »Ich will mehr als nur meinen Mann, meine Kinder und mein Haus«, nicht mehr länger ignorieren.

BETTY FRIEDAN, AUTORIN UND FRAUENRECHTLERIN

Sobald du weißt, wie sich Respekt anfühlt, ziehst du ihn bloßer Aufmerksamkeit vor.

PINK, SÄNGERIN

Als Feministin eröffnet man anderen Frauen die Freiheit, Entscheidungen zu treffen, die man nicht unbedingt selbst treffen würde.

LENA DUNHAM, SCHAUSPIELERIN

Doch, Frauen mögen nette Jungs. Aber bist wahrscheinlich nicht so nett, wie du glaubst.

UNBEKANNT

Privilegien zu haben bedeutet nicht, dass ihr als Weiße keinen Problemen gegenübersteht. Es geht darum, dass eure Hautfarbe nie die Ursache dafür ist.

SALMA AHMED, LEHRERIN

Das größte Problem des heutigen Islams ist die Betrachtung der Welt durch die Augen eines streng patriarchalisch eingestellten, nahezu frauenverachtenden Mannes. Im 21. Jahrhundert sollten wir in der Lage sein, uns religiösen Texten auf einem anderen Niveau zu nähern.

KAHINA BAHLOUL, IMAMIN

**Je mehr von uns
sie ins Gefängnis werfen,
desto stärker werden wir.**

NARGES MOHAMMADI,
FRAUENRECHTLERIN UND
NOBELPREISTRÄGERIN

Die Bestimmung einer Frau ist genau die gleiche wie die eines Mannes, nämlich Mensch zu sein.

RAGNA NIELSEN,
FRAUENRECHTLERIN

Merk dir eins: Die Welt liebt mächtige Männer und hasst mächtige Frauen. Ich weiß das. Glaub mir, ich weiß das. Die Welt wird dich abstrafen, aber du musst standhaft bleiben.

SIRI HUSTVEDT, AUTORIN

Wenn ein Mann erigiert und ejakuliert, obwohl die Frau nicht das geringste Zeichen von Lust zeigt, kann man nur schlussfolgern, dass er völlig abgespalten ist – nicht nur von der Frau, sondern auch von sich selbst und dem Leben an sich.

SUZANNE BRØGGER, AUTORIN

Wer dich zum Schweigen bringen will oder dein Recht, dich zu entfalten, verhindern will, ist nicht dein Freund.

ALICE WALKER, AUTORIN

Wenn dir jemand sein wahres Gesicht zeigt, glaub ihm.

MAYA ANGELOU, POETIN

Angebetet zu werden, ist keine Freiheit.

SHULAMITH FIRESTONE,
FRAUENRECHTLERIN

Männer bekommen mehr, als sie geben.
Frauen geben mehr, als sie bekommen.

GUDRUN SCHYMAN, POLITIKERIN

Männer werden nicht als Männer bewertet, sondern als Komiker. Ich dagegen werde immer als weibliche Komikerin bewertet.

SOFIE FRØYSAA, KOMIKERIN

Es wäre die größte Ironie des Feminismus, wenn Frauen zuerst alle Frauenprobleme lösen – und danach alle Männerprobleme. Tut mir leid, aber das müssen die selbst machen.

CAITLIN MORAN, AUTORIN

Wir sind mit diesen ganz mageren Models als Ideal aufgewachsen. Ich kenne unglaublich viele schlecht gelaunte, unglückliche, dünne Frauen, die seit 1993 kein einziges Kohlenhydrat mehr zu sich genommen haben.

ROXANE GAY, AUTORIN

»Die moderne junge Herrenwelt ist so ... ich weiß nicht, wie ich sagen soll.« – »Fad.«

BERTHA VON SUTTNER,
SCHRIFTSTELLERIN UND
FRIEDENSAKTIVISTIN

Als was sie dich bezeichnen, ist eine Sache. Worauf du reagierst, ist eine andere.

LUCILLE CLIFTON, POETIN

Betritt ein Ochse einen Palast, wird er nicht zum König, sondern der Palast wird zum Stall.

SEDEF KABAŞ, JOURNALISTIN

Der Wunsch, schön zu sein, ist natürlich nicht unangemessen. Das Unangemessene ist die Verpflichtung zur Schönheit.

SUSAN SONTAG, PHILOSOPHIN UND AUTORIN

Ich kenne viele Feministinnen, die nicht lesbisch sind, aber keine einzige Lesbe, die nicht Feministin wäre.

MARTHA SHELLEY, AUTORIN UND LGBT-AKTIVISTIN

Du kommst nie ans Ziel. Wenn du eine Bastion erobert hast, musst du sie verteidigen bis zu deinem letzten Atemzug.

EBBA WITT-BRATTSTRÖM, LITERATURPROFESSORIN

Der Feminismus ist eine politische Bewegung zur Bekämpfung der männlichen Vorherrschaft im Namen der Frauen als Gesamtheit. Das schließt alle Frauen mit ein, die du nicht leiden kannst, auch die, die deine besten Freundinnen waren und mit denen du nichts mehr zu tun haben willst. Es spielt *keine* Rolle, wer die einzelne ist.

ANDREA DWORKIN, AKTIVISTIN

Wenn ein Mann sagt, dass Humor in einer Beziehung wichtig ist, meint er damit eigentlich, dass seine Frau über seine Witze lachen, und nicht, dass sie selbst lustig sein sollte.

DORA THORHALLSDOTTIR, KOMIKERIN
UND THERAPEUTIN

Die Männer haben sich ihr Leben ihren Bedürfnissen entsprechend eingerichtet. Jetzt sind wir dran.

KATTI ANKER MØLLER, FRAUENRECHTLERIN

Es ist wirklich bemerkenswert, wie ein festes Einkommen die Laune hebt.

VIRGINIA WOOLF, AUTORIN

Ich glaube, Norwegen ist eines der wenigen Länder der Welt, in dem man Parteivorsitzende, dick und alleinstehend in einer Person sein kann.

TRINE SKEI GRANDE, POLITIKERIN

Die Tugend der Frau ist die größte Erfindung des Mannes.

CORNELIA OTIS SKINNER, AUTORIN
UND SCHAUSPIELERIN

Eine Frau, der es egal ist, was Männer über sie denken – oh, die ist gefährlich. Das ist die denkbar größte Beleidigung des männlichen Egos.

MARTHA SHELLEY, AUTORIN
UND LGBTQ-AKTIVISTIN

Der Erfolg hat mich nicht verdorben. Ich war schon immer unerträglich.

FRAN LEBOWITZ, AUTORIN

Niemand hat das Recht, einer Frau vorzuschreiben, wie sie zu sein und sich zu verhalten hat.

AZRA GILANI, GESELLSCHAFTSKRITIKERIN

Feministin zu sein und schwanger zu sein haben eines gemeinsam: Entweder du bist es, oder du bist es nicht. Entweder glaubt man an die vollständige Gleichstellung von Mann und Frau, oder man tut es nicht.

CHIMAMANDA NGOZI ADICHIE, AUTORIN

Die Geschichte des Fortschritts ist mit dem Blut der Männer und Frauen geschrieben, die es wagten, für unpopuläre Ansichten einzutreten, wie zum Beispiel das Recht des Schwarzen Mannes auf seinen Körper und das Recht einer Frau auf ihre Seele.

EMMA GOLDMAN, POLITISCHE AKTIVISTIN

Bei Frauen wird Mut oft mit Wahnsinn verwechselt.

ALICE PAUL, FRAUENRECHTLERIN

Gesegnet sei der Mann, der, wenn er nichts zu sagen hat, davon absieht, es mit langen Reden zu beweisen.

GEORGE ELIOT, AUTORIN

Sehr viele sagen, dass sie zwar keine Feministin, aber durchaus für Gleichstellung seien. Das ist genauso seltsam wie zu sagen: »Ich bin zwar keine Vegetarierin, aber ich verzichte auf Fleisch.«

SOFIE FRØYSAA, KOMIKERIN

Immer wenn ich mir nicht sicher bin, ob ich mich mit einem bestimmten Sachverhalt auseinandersetzen sollte, befasse ich mich damit. Das Bild, das ich dabei im Kopf habe: Solange du die Klapperschlange im Auge behältst, kann sie dich nicht kriegen.

JOAN DIDION, AUTORIN

Ich war mit einem Marxisten und mit einem Faschisten verheiratet, und keiner von ihnen hat je den Müll rausgebracht.

LEE GRANT, SCHAUSPIELERIN

Die männliche Selbstgerechtigkeit ist wie ein krankes Huhn, das in einem ausgepolsterten Karton liegt und mit Butter und Pfeffer gefüttert wird.

AASTA HANSTEEN, KÜNSTLERIN
UND FRAUENRECHTLERIN

Leg dich nie mit einer Frau über vierzig an. Sie ist wütend und hat die Schnauze voll von dem Scheiß anderer Leute.

CATE BLANCHETT, SCHAUSPIELERIN

Die erotische Aufmerksamkeit eines Mannes ist selten so exklusiv, dass sie als Auszeichnung betrachtet werden kann.

ELIN WÄGNER, AUTORIN UND FRAUENRECHTLEIN

Wenn deine Gegner auf dein Aussehen oder deine Andersartigkeit losgehen, zeigt das, das sie nichts anderes in der Hand haben. Dann weißt du, dass du gewinnst.

GRETA THUNBERG, UMWELTAKTIVISTIN

In unseren Geschichtsbüchern, ja, in unserer ganzen Kultur, wird die Religion als das Element dargestellt, das uns über die Barbarei erhob; aber vom weiblichen Standpunkt aus betrachtet, scheint das Gegenteil der Fall zu sein. Es ist ja nicht so, dass die Kirche am Spielfeldrand gestanden und ihre Hände in Unschuld gewaschen hätte, während die Heiden in Gewalt und Barbarei aufeinander losbrachen. Nein! Die Kirche stand an der Spitze und hat nicht nur den ersten Stein geworfen, sondern auch alle anderen, hat verbrannt, gefoltert und gemordet, vor allem Frauen, im Namen ihres Herrn ... segnete sie Henker, Folterknechte und Mörder.

ELSE MICHELET, AUTORIN UND HUMORISTIN

Finde den Mut, für dich selbst einzutreten, und danach tritt für andere ein.

MAYA ANGELOU, POETIN

»Internethetze« ist nichts anderes als Rassismus und Sexismus. Die sogenannten »Trolle« sind keine harmlosen Märchenfiguren, sie sind Rassisten und Frauenhasser.

ALEXANDRA PASCALIDOU, AUTORIN
UND MODERATORIN

Es ist besser, allein aufzuwachen und sich der Einsamkeit bewusst zu sein, als neben jemandem zu liegen und sich dennoch verlassen zu fühlen.

LIV ULLMANN, SCHAUSPIELERIN

Wir wissen jetzt, dass so etwas wie »freie Liebe« nicht existiert. Am Ende bezahlt man immer einen Preis.

JONI MITCHELL, MUSIKERIN
UND KÜNSTLERIN

Das Gegenteil von Liebe ist Angst, nicht Hass.

YOKO ONO, KÜNSTLERIN
UND MUSIKERIN

Die Hälfte
der Bevölkerung
besteht aus Frauen,
und darum sollten
Frauen auch
die Hälfte einer
Regierung stellen.

GRO HARLEM BRUNDTLAND,
POLITIKERIN

Wie kann es sein, dass jeder ein Vergewaltigungsopfer kennt, aber niemand einen Vergewaltiger?

KATARINA WENNSTAM, AUTORIN

Die Geschichte ist nicht abgeschlossen, nur weil sie rein linear der Vergangenheit angehört. Sie lässt uns nicht los. Und das darf sie auch nicht.

JAMAICA KINCAID, AUTORIN

Männer sind stark wie Stiere, stolz wie Hähne, mutig wie Löwen, ausdauernd wie Hengste. Sie altern auch nicht, sie werden höchstens eleganter. Mit uns Frauen beginnt es ebenfalls recht ansehnlich. Wir sind Lilien, Rosen, Madonnen, Prinzessinnen, Göttinnen, Schönheiten. Auf der nächsten Stufe sind wir bereits Hühner, Zicken und Schreckschrauben und dann geht es die zoologische Leiter steil hinab, bis wir bei alten Krähen angelangt sind.

KARI DIESEN, SCHAUSPIELERIN

Ich muss Männern nicht gefallen, sie haben mir nichts zu geben.

VIRGINIA WOOLF, AUTORIN

Kluge Frauen lieben kluge Männer, richtig kluge Männer lieben kluge Frauen.

NATALIE PORTMAN, SCHAUSPIELERIN

Willst du eine Frau beleidigen, bezeichne sie als Prostituierte. Willst du einen Mann beleidigen, bezeichne ihn als Frau.

AMANDA MONTELL, AUTORIN

Die Frauen werden diesmal nicht die Waffen niederlegen, da bin ich vollkommen sicher. Ich kann fühlen, dass dem Patriarchat der Todesstoß versetzt worden ist.

VIBEKE LØKKEBERG, REGISSEURIN

Soziale und politische Veränderungen passieren nicht linear. Manchmal muss man jahrelang für den kleinsten Fortschritt arbeiten. Aber manchmal versetzt man einen ganzen Berg in einem einzigen Augenblick.

NADYA TOLOKONNIKOVA,
MITGLIED VON PUSSY RIOT

Das Altern kann man nicht verhindern, aber deswegen muss man ja nicht alt werden.

WILMA NORRIS (102),
MUTTER VON CHUCK NORRIS

Sexualität ist für den Feminismus, was Arbeit für den Marxismus ist.

CATHARINE A. MACKINNON,
JURAPROFESSORIN UND AUTORIN

Vertraue deinen Instinkten ... Gute Beziehungen fühlen sich gut an, nicht schmerzhaft.

MICHELLE OBAMA, ANWÄLTIN
UND POLITIKERIN

Ich werde oft gefragt: Wie ist es, als Frau in einer Männerdomäne zu arbeiten? Ich antworte dann: Fußball ist keine Männerdomäne, sondern gehört allen Mädchen und Jungen auf der Welt.

LISE KLAVENESS, PRÄSIDENTIN DES
NORWEGISCHEN FUSSBALLVERBANDS

Frauen werden dafür kritisiert, zu laut, zu leise, zu groß, zu klein, zu klug, um attraktiv, oder zu attraktiv, um klug zu sein. Der Grund ist, dass man versucht, sie von der öffentlichen Bühne zu vertreiben.

ALEXANDRIA OCASIO-CORTEZ, POLITIKERIN

Versteh mich nicht falsch, ich liebe wütende Feministinnen. Erst durch diese Wut haben wir unseren heutigen Grad an Bewusstheit erlangt. Aber es ist kein Vorteil, wenn der Eindruck entsteht, dass alle Feministinnen wütend sind. Wir brauchen zornige, fröhliche, dumme und lustige Vertreterinnen. Sie müssen alle mit an Bord!

CAITLIN MORAN, AUTORIN

Ich schreibe so langsam, dass ich mein eigenes Blut als Tinte benutzen könnte, ohne mich zu verletzen.

FRAN LEBOWITZ, AUTORIN

Wenn die Strafe für Abtreibung nach Vergewaltigung höher ist als die Strafe für die Vergewaltigung selbst, wird klar, dass ein Krieg gegen Frauen geführt wird.

UNBEKANNT

Ich bin nicht aufbrausend. Ich habe nur eine kürzere Reaktion auf Bullshit.

ELIZABETH TAYLOR, SCHAUSPIELERIN

Es braucht nicht viel, um als »komplizierte Frau« zu gelten. Deswegen gibt es so viele von uns.

JANE GOODALL, ANTHROPOLOGIN

Man hat mir gesagt: »Du bist eine wilde, gefährliche Frau.« Nun, ich spreche die Wahrheit aus. Und die Wahrheit ist wild und gefährlich.

NAWAL EL SAADAWI, ÄRZTIN UND FRAUENRECHTLERIN

Was für Männer normal ist, gilt bei uns Frauen als unverantwortlich: sich ganz einfach nicht um sein Äußeres zu scheren.

SUSAN SONTAG, PHILOSOPHIN UND AUTORIN

Ich besitze kein Bügeleisen. Wenn du einkaufen gehst, nimm das Kleidungsstück in die Hand und drück fest zu. Knittert es, lass es liegen. Kauf dir kein Problem.

CAITLIN MORAN, AUTORIN

Sorg dafür, dass dein Leben außerordentlich unterhaltsam ist. Du musst nicht schön, reich oder klug sein – nur wirklich begeistert.

BETTE MIDLER, SÄNGERIN
UND SCHAUSPIELERIN

Dass ein Penis ein designtechnisches Meisterwerk ist, kann man nicht gerade behaupten.

ANNA MANNHEIMER, MODERATORIN

Du wirst keine bleibenden Spuren hinterlassen, wenn du nur auf Zehenspitzen gehst.

LEYMAH GBOWEE, SOZIALARBEITERIN
UND NOBELPREISTRÄGERIN

Ein »alter Mann« ist ein Mann, der alle Gedanken, die er in seinem Leben zu denken beabsichtigt, bereits gedacht hat.

ELSE MICHELET, AUTORIN UND HUMORISTIN

Wer sagt, Sprache sei keine Macht, nutzt Sprache, um Macht auszuüben.

HELENE URI, SPRACHWISSENSCHAFTLERIN

Ist es auch nur im Geringsten vorstellbar, dass eine politisch vollkommen unerfahrene Frau, die fünf Kinder mit drei verschiedenen Männern hat und davon spricht, Männern an ihre Geschlechtsteile zu grapschen, zur Präsidentin der USA gewählt wird?

HELLE THORNING-SCHMIDT, POLITIKERIN

Wann ist eine Party mit einer Bauch-weg-Strumpfhose, die den Schritt zweiteilt, jemals richtig lustig gewesen?

LIVE NELVIK, MODERATORIN

Viele junge Frauen haben ein geringes Selbstwertgefühl wegen ihres Unterleibs. Dass »Fotze« unser schlimmstes Schimpfwort ist, macht die Sache nicht besser. »Fotze« ist völlig in Ordnung. Wir, die eine haben, sollten stolz darauf sein.

TUVA FELLMANN, MODERATORIN

Enorm viele Talente gehen der Gesellschaft verloren, weil das Talent einen Rock trägt.

SHIRLEY CHISHOLM, POLITIKERIN

Jedes noch so kleine Wort, das eine Frau schreibt, verändert die Weltgeschichte, revidiert die offizielle Version.

CAROLYN SEE, PROFESSORIN
UND AUTORIN

Denk nach, bevor du sprichst. Lies, bevor du denkst.

FRAN LEBOWITZ, AUTORIN

Mit Waffen kann man Terroristen töten, mit Bildung Terrorismus.

MALALA YOUSAFZAI,
POLITISCHE AKTIVISTIN
UND NOBELPREISTRÄGERIN

Im Feminismus geht es oft darum, dass Frauen von Erfahrungen berichten, die bis dahin unbeachtet geblieben sind, während sich der Antifeminismus meist darum dreht, dass Männer erklären, diese Berichte seien unzutreffend.

REBECCA SOLNIT, AUTORIN

Es sollte eine Selbstverständlichkeit sein, sich auf hundert verschiedene Arten als Mann oder Frau auszudrücken. Wenn wir alle die Feminismusbrille aufsetzen, werden wir alle befreit werden.

HELLE THORNING-SCHMIDT, POLITIKERIN

Es steckt sehr viel Kraft in den Worten: »Nein, ich bin nicht das Objekt in deiner Geschichte. Ich bin nicht die Frau, die du liebst oder hasst, nicht die Madonna und nicht die Hure. Ich bin das Subjekt, das ist meine Geschichte, nicht deine. Hier geht es um *mich* und nicht um dich.«

JOEY SOLOWAY, REGISSEURIN

Selbstverständlich macht es mir nichts aus, dass ich abschreckend auf Männer wirken könnte. Der Typ Mann, der sich von mir abschrecken lässt, ist genau der Typ, der mich überhaupt nicht interessiert.

CHIMAMANDA NGOZI ADICHIE, AUTORIN

Es gibt keine spezifisch weibliche Denkweise. Das Gehirn ist schließlich kein Geschlechtsorgan. Sonst könnte man ja auch von einer weiblichen Leber sprechen.

CHARLOTTE PERKINS GILMAN, AUTORIN

Die Extremisten haben uns deutlich gezeigt, wovor sie sich am meisten fürchten: vor einem Mädchen mit einem Buch.

MALALA YOUSAFZAI, POLITISCHE AKTIVISTIN
UND NOBELPREISTRÄGERIN

Eines der Grundprinzipien des Patriarchats ist, dass die Frau – in der Regel die Mutter – an allem die Schuld hat.

ASTA B. HÅLAND, FRAUENRECHTSAKTIVISTIN

Tief im Herzen aller Frauen gibt es einen besonderen kleinen Winkel für all die Sünden, die sie nie begangen haben.

CORNELIA OTIS SKINNER, AUTORIN UND SCHAUSPIELERIN

Kranke Leute haben schon genug um die Ohren, man muss nicht auch noch von ihnen erwarten, klüger zu werden.

CHRISTINE KOHT, KOMIKERIN

Wenn Geschichten in einem sicheren Rahmen erzählt werden können, stirbt die Scham.

ANN VOSKAMP, AUTORIN

Säkularismus ist nicht per se ein Garant für Frauenrechte, aber ohne säkulare Gesetze werden sie garantiert nicht respektiert.

MARIEME HELIE LUCAS, SOZIOLOGIN UND AKTIVISTIN

Ich bin lieber eine schlechte Feministin als gar keine.

ROXANE GAY, AUTORIN

Das Problem ist nicht, dass oder wie man Rassismus anprangert. Das Problem ist der Rassismus.

MELANIE KITTI, KÜNSTLERIN

Manchmal ist es leichter, mit einem selbsterklärten Rassisten umzugehen, als mit einem Linken, der sich weigert zu sehen, dass er Teil derselben Strukturen ist.

CAMARA LUNDESTAD JOOF, AUTORIN UND DRAMATIKERIN

Wenn deine Träume dich nicht erschrecken, sind sie nicht groß genug.

ELLEN JOHNSON SIRLEAF, POLITIKERIN UND NOBELPREISTRÄGERIN

Pornofilme sind heutzutage sterbenslangweilig. Die Tonspur besteht hauptsächlich aus Grunzen, Stöhnen, Keuchen und Schnaufen. Wenn man nicht sehen würde, was passiert, könnte man glauben, der Film handelt von Leuten, die Steine bergauf rollen.

TORIL MOI, PROFESSORIN

Die Wahrheit muss sich immer durch eine Menge Vorurteile und unberechtigte, stumpfsinnige Einwände kämpfen, das wissen wir alle. Wahrscheinlich sind Verbesserungen der Lebensbedingungen, von der Abschaffung der Sklaverei bis zur Erfindung der Waschmaschine, nie eingetreten, ohne auf Widerstand zu stoßen.

RAGNA NIELSEN, FRAUENRECHTLERIN

Es ist im Grunde total merkwürdig, dass Männer, die seit Anbeginn der Menschheit außerstande sind zu begreifen, was eine Schwangerschaft wirklich bedeutet, sich anmaßen, uns auf diesem Gebiet Vorschriften zu machen.

KATTI ANKER MØLLER, FRAUENRECHTLERIN

Vorurteile und vorgefasste Meinungen üben großen Einfluss auf uns aus und führen viele von uns hinters Licht.

CAMILLA COLLETT, AUTORIN

Ich trinke meinen Champagner, wenn ich glücklich, wenn ich traurig und manchmal, wenn ich allein bin. In Gesellschaft ist er unverzichtbar. Bin ich satt, nehme ich ein Schlückchen, und wenn ich Hunger habe auch. Ansonsten rühre ich ihn nicht an. Höchstens, wenn ich durstig bin.

LILY BOLLINGER,
CHAMPAGNERPRODUZENTIN

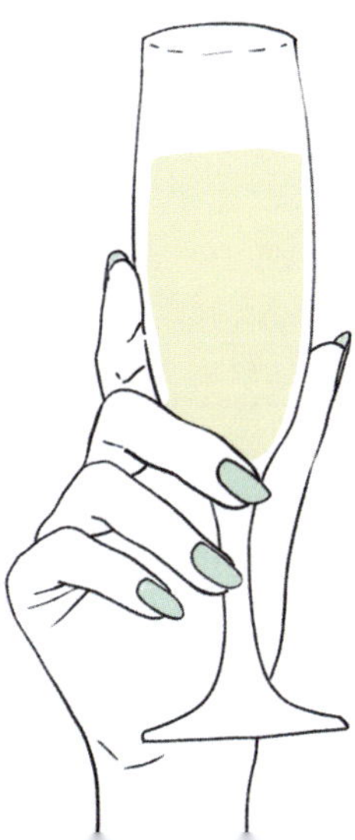

Die oberste Pflicht einer emanzipierten Frau ist es, ein Leben in größtmöglicher Freiheit, Erfüllung und Kreativität zu führen. Die zweite besteht in der Solidarität mit anderen Frauen.

SUSAN SONTAG, PHILOSOPHIN UND AUTORIN

Auf das zeigen, was falsch läuft, kann jeder. Die intellektuelle Herausforderung besteht darin, in der Dunkelheit Handlungsmöglichkeiten zu sehen.

EBBA WERGELAND, ÄRZTIN UND ARBEITSMARKTFORSCHERIN

Wir alle tragen die Veranlagung zur Boshaftigkeit und zur Liebe in uns. Und die Grenze verläuft quer durch uns selbst – nicht zwischen den anderen und uns.

LINDIS HURUM, HUMANITÄRE HELFERIN/ DIREKTORIN

Wo meine männlichen Kollegen brillant, klug, originell sind, bin ich als Frau höchstens »tüchtig«.

MINDA HOLM, FORSCHERIN

Du kannst so süß sein, wie du willst, aber das reicht nicht zum Überleben.

HERBJØRG WASSMO, AUTORIN

Wann immer wir auf ein Hindernis treffen – eine alte Mauer, die uns Frauen gefangen hält –, arbeiten wir an seiner Beseitigung, bis wir den Weg geöffnet haben.

FREDRIKKE MARIE QVAM,
FRAUENRECHTLERIN

Das Leben ist vielleicht nicht immer das Fest, das wir erhofft haben, aber wenn wir schon hier sind, können wir auch tanzen.

JEANNE C. STEIN, AUTORIN

Ich bin mir sicher, dass man an Langeweile nicht sterben kann, sonst wäre ich schon tot.

CAMILLA COLLETT, AUTORIN

Das iranische Regime hat Waffen und Kugeln, aber sie fürchten unsere Haare.

MASIH ALINEJAD, JOURNALISTIN
UND AKTIVISTIN

Geh raus und entfache ein Inferno. Es ist Zeit zu kämpfen! Leg deine Rüstung an!

MOTHER JONES,
GEWERKSCHAFTSFÜHRERIN

Die Leiter, auf der der Mann emporklettert, wird von Frauen gehalten.

VERA HENRIKSEN, AUTORIN

Entschuldige dich nicht, wenn du um etwas bittest, das du verdienst.

MIKA BRZEZINSKI, MODERATORIN

Wenn die Männer töten, so ist es an uns Frauen, für den Erhalt des Lebens zu kämpfen. Wenn die Männer schweigen, so ist es unsere Pflicht, erfüllt von unseren Idealen die Stimme zu erheben.

CLARA ZETKIN, PIONIERIN DER ARBEITERBEWEGUNG

Die Grundlage jeden Fortschritts ist ein wenig Unzufriedenheit.

BEATE GRIMSRUD, AUTORIN

Man kann sich wirklich nur darüber wundern, wie unrealistisch Frauen in Hollywoodfilmen dargestellt werden. Ich meine, haben Regisseure keine Partnerinnen, Töchter, Mütter oder sonstige Frauen in ihrem Leben?

KAT PICKHARDT, JOURNALISTIN

Die unsichtbare Macht ist für die, die sich über oder neben ihr befinden, nicht wahrnehmbar. Erst, wenn man unter ihr ist, bemerkt man sie.

MARIE AUBERT, AUTORIN

Alle Arbeiter der Welt dazu aufzufordern, sich gegen ihre Arbeitgeber aufzulehnen, hinderte Karl Marx nicht daran, sein Dienstmädchen zu schwängern.

LIV STRÖMQUIST, COMICZEICHNERIN

Die Gesellschaft braucht nicht mehr, sondern andere Stimmen. Männerstimmen haben wir immer schon mehr als genug gehabt.

GINA KROG, FRAUENRECHTLERIN

Meine Mutter hat immer gesagt: »Kamala, vielleicht wirst du die Erste sein, die bestimmte Dinge tut. Aber sorge dafür, dass du nicht die Letzte bist.«

KAMALA HARRIS, VIZEPRÄSIDENTIN

Das Fundament der Freiheit ist die Verfügungsgewalt über den eigenen Körper und alles, was sich in ihm befindet.

KATTI ANKER MØLLER,
FRAUENRECHTLERIN

Wenn ein Mann dir erzählt, dass eine Frau »verrückt« oder »schwierig« ist, frag ihn: »Was hast du ihr angetan?« Das ist ein Code, mit dem er versucht, ihren Ruf zu zerstören.

NATALIE PORTMAN, SCHAUSPIELERIN

Ich bin nicht frei, solange eine andere Frau unfrei ist, selbst wenn ihre Fesseln den meinen nicht gleichen.

AUDRE LORDE, PROFESSORIN UND AUTORIN

Revolutionen entstehen nicht allein aus Unzufriedenheit, sondern daraus, dass Menschen zusammenkommen und ihre Träume und Sehnsüchte in Worte fassen.

ANNE BITSCH, FORSCHERIN UND AUTORIN

Im Feminismus geht es nicht darum, Frauen zu stärken. Frauen sind bereits stark. Es geht darum, die Sicht der Welt auf diese Kraft zu verändern – sie ist so viel größer, als du dir vorstellen kannst.

GEENA DUNNE ANDERSON, AUTORIN UND FRAUENRECHTLERIN

Männliche Rentiere verlieren ihre Geweihe im Winter, die weiblichen nicht. Damit ist klar: Der Schlitten des Weihnachtsmanns wird von einer Gruppe starker, unterschätzter Frauen gezogen.

CAT REYNOLDS, AUTORIN UND REDAKTEURIN

Dein Schweigen wird dich nicht beschützen.

AUDRE LORDE, PROFESSORIN
UND AUTORIN

In der Kulturwelt gibt es auffallend viele Menschen, die Macht ausüben, ohne sich selbst mit dieser Macht zu identifizieren.

MATHILDA GUSTAVSSON,
JOURNALISTIN

Wir sind nicht Feministinnen, weil wir Männer hassen. Im Gegenteil, wir sind Feministinnen, weil wir sie respektieren und lieben und nicht verstehen können, warum sie uns nicht genauso behandeln.

GERMAINE GREER, AUTORIN
UND FRAUENRECHTLERIN

Frauen, die an sich selbst glauben, glauben auch an andere Frauen.

NANCY PELOSI, POLITIKERIN

Ein männlicher Regisseur will zeigen, was er kann, wir dagegen wollen denen, die glauben, dass wir nichts können, beweisen, dass sie falschliegen.

ANJA BREIEN, REGISSEURIN

Ich möchte nicht, dass unser Geschlecht bevorzugt wird. Alles, worum ich bitte, ist, dass unsere Brüder ihren Fuß von unserem Nacken nehmen.

SARAH MOORE GRIMKÉ, AUTORIN
UND AKTIVISTIN

Sich einzuschließen, um in Ruhe zu schreiben, ist ein klassisch männliches Privileg.

ANNE SWÄRD, AUTORIN

Alles, was dir passiert ist, gehört dir. Erzähl deine Geschichten. Wenn die Leute gewollt hätten, dass du sie in einem guten Licht darstellst, hätten sie sich anders benommen.

ANNE LAMOTT, AUTORIN

Die Menschen halten ihre Freiheit und ihre Rechte für eine Selbstverständlichkeit, aber das ist unklug - sie stehen immer unter Beschuss.

MARGARET ATWOOD,
AUTORIN

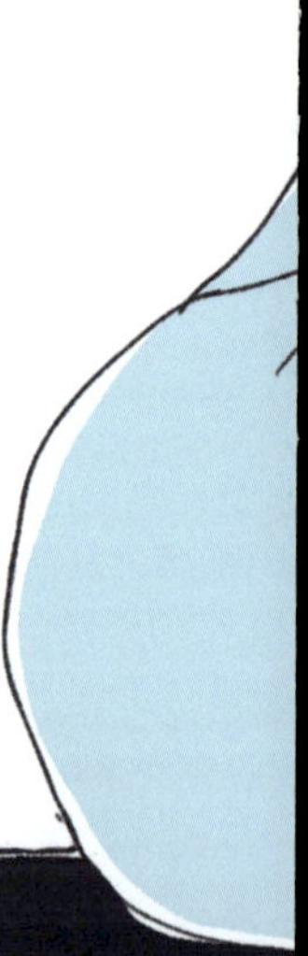

Mit jedem Versuch, mich einzuschüchtern, wächst mein Mut.

JANE AUSTEN, AUTORIN

Wir leben in einer Zeit mit zu vielen Informationen, zu wenig Wissen und noch weniger Weisheit. Das Verhältnis müsste umgekehrt sein. Wir brauchen definitiv weniger Informationen, mehr Wissen und erheblich mehr Weisheit.

DORIS LESSING, AUTORIN

Es geht einzig und allein darum, niemals müde oder gleichgültig zu werden. Verlierst du deine unschätzbar wertvolle Neugierde, lässt du zu, dass du stirbst. So einfach ist das.

TOVE JANSSON, AUTORIN UND KÜNSTLERIN

Wenn eine Person dich nicht dazu auffordert, über ihren Körper zu sprechen, solltest du es auch nicht tun.

CARINA CARLSEN, KÖRPERAKTIVISTIN

Natürlich können wir die Welt verändern. Wir haben es schon getan und werden es wieder tun.

GERD BRANTENBERG, AUTORIN

Ich wünsche mir nicht, dass Frauen Macht über Männer haben, sondern über sich selbst.

MARY WOLLSTONECRAFT, AUTORIN UND FRAUENRECHTLERIN

Wer sich nicht bewegt, spürt seine Fesseln nicht.

ROSA LUXEMBURG, REVOLUTIONÄRE PHILOSOPHIN

Der Feind des Feminismus ist nicht der Mann, sondern das Patriarchat, und das Patriarchat ist nicht »der Mann«. Es ist ein System, das Frauen genauso unterstützen können wie Männer den Kampf für Gleichstellung.

JUSTINE MUSK, AUTORIN

Wir glaubten an die Freiheit des Berufs – und bekamen die Pflicht zu doppelter Arbeit.

RØNNAUG ELIASSEN,
ANWÄLTIN UND AKTIVISTIN

Weibliche Intuition ist eine abwertende Bezeichnung der unmittelbaren, wortlosen Erkenntnisse einer Frau. Die gleiche Art Verständnis gilt bei Männern als Urteilsvermögen.

SIRI NØRVE, FRAUENRECHTLERIN

Sei pünktlich, kein Arschloch.

HELEN MIRREN, SCHAUSPIELERIN

Ich habe nicht die Absicht, die Fußnote im Leben von jemand anderem zu sein.

MARTHA GELLHORN, AUTORIN
UND KRIEGSBERICHTSERSTATTERIN

Die Frauenbefreiung wird oft als eine Bewegung dargestellt, die darauf abzielt, die Macht und Privilegien der Männer zu untergraben oder sie ihnen abzunehmen, wie in einem tragischen Nullsummenspiel, bei dem ein selbstbestimmtes Leben nur für ein Geschlecht möglich ist. Wir sind entweder alle frei oder alle versklavt.

REBECCA SOLNIT, AUTORIN

Nicht alles ist dem Markt unterworfen, manches fällt in die Bereiche Moral, Solidarität, Ethik und Anstand und kann nicht in Zahlen angegeben werden.

LINN STALSBERG, JOURNALISTIN
UND AUTORIN

Es gibt nur sehr wenige Berufe, die einen Penis oder eine Vagina erfordern. Alle anderen Berufsfelder sollten für jeden Menschen zugänglich sein.

FLORYNCE KENNEDY, ANWÄLTIN
UND FRAUENRECHTLERIN

Eine »Bitch« ist eine Frau, die mit allen schlafen würde, außer mit dir.

CYNTHIA HEIMEL, AUTORIN UND KOMIKERIN

Ich bin lieber Rebellin als Sklavin.

EMMELINE PANKHURST, FRAUENRECHTLERIN

Karrierefrauen sind Frauen, die es geschafft haben, ein gesundes Maß an Selbstvertrauen zu entwickeln und die Angst zu überwinden, als erfolgreich wahrgenommen zu werden.

GRO HARLEM BRUNDTLAND, POLITIKERIN

Definitionen gehören dem, der definiert, nicht den Definierten.

TONI MORRISON, AUTORIN

**Es gibt Hoffnung,
ich weiß es.
Aber sie kommt nicht
von Regierungen
oder der Industrie,
sie kommt vom Volk.**

GRETA THUNBERG,
UMWELTAKTIVISTIN

Wenn du niemanden findest, dem du folgen kannst, musst du als gutes Beispiel vorangehen und führen.

ROXANE GAY, AUTORIN

Weil Geschlecht und Hautfarbe einfache und sichtbare Unterschiede sind, sind das die üblichen Kategorien, nach denen wir Menschen sortieren – in übergeordnete und untergeordnete Gruppen und wer die billigsten Arbeitskräfte stellt. Eine Einteilung, auf die sich das bestehende System bis heute stützt.

GLORIA STEINEM, JOURNALISTIN
UND FRAUENRECHTLERIN

Wenn sich herausstellt, dass Gott dieselben Menschen hasst wie du, kannst du getrost davon ausgehen, dass du ihn in deinem Bild erschaffen hast.

ANNE LAMOTT, AUTORIN

Du hasst deinen Körper nicht, weil er dick ist, sondern wegen der Art, wie die Gesellschaft ihn betrachtet.

KARIN »KAJJAN« ANDERSSON,
KÖRPERAKTIVISTIN

Erhielten Mädchen dieselbe Schulbildung wie Jungen, hätten sie in den Künsten und der Wissenschaft dasselbe Erfolgspotenzial.

CHRISTINE DE PISAN, AUTORIN
UND FEMINISTISCHE VORREITERIN

Manche Frauen folgen einem Mann, andere ihrem Traum. Wenn du dich fragst, welchen Weg du wählen sollst, denk daran, dass deine Karriere nie eines Morgens neben dir aufwachen und sagen wird, dass sie dich nicht mehr liebt.

LADY GAGA, MUSIKERIN

Keine Unwissenheit ist so tiefgreifend wie die des Mannes in Bezug auf die Frau!

AASTA HANSTEEN, KÜNSTLERIN
UND FRAUENRECHTLERIN

Männer werden dazu erzogen, sich für ihre Schwäche zu entschuldigen, Frauen für ihre Stärke.

LOIS WYSE, AUTORIN

Manchmal versuchen Leute, dich zu brechen, nicht weil sie deine Kraft nicht sehen, sondern weil sie sie klar und deutlich vor Augen haben und nicht wollen, dass sie existiert.

BELL HOOKS, AUTORIN

Mädchen dürfen keine Angst davor haben, klug zu sein.

EMMA WATSON, SCHAUSPIELERIN

Unser Körper ist nun einmal fortschreitendem Verfall unterworfen, ihn also ständig verbessern zu wollen, anstatt ihn zu akzeptieren, ist ungefähr so, als würde man versuchen, mit bloßen Händen Wasser aus der sinkenden *Titanic* zu schöpfen.

HANNE SIGBJÖRNSEN, COMICAUTORIN

Einen anderen Menschen im eigenen Körper zu tragen und neues Leben zu erschaffen, ist eine Erfahrung, die nicht in eine kommerzielle Ware umgewandelt werden darf.

SARA JOHNSEN, AUTORIN
UND REGISSEURIN

Das Problem heißt Kolonisation.
Die Medizin heißt Organisation.

ELSA LAULA RENBERG, AKTIVISTIN
UND POLITIKERIN

Für mich sind die größten Werte des Lebens Liebe und Arbeit! Sind diese beiden Punkte in Ordnung, läuft auch der Rest, doch arbeitslos und ungeliebt ist dein Leben dunkel wie die endlose Winternacht in der Einöde.

FERNANDA NISSEN, AUTORIN
UND JOURNALISTIN

Es macht mich stinksauer, wenn sieben oder acht alte Schweine von einer Plattenfirma mir erzählen, was ich anzuziehen habe.

SINÉAD O´CONNOR, SÄNGERIN

Ob du halbnackt herumläufst, dich prügelst, rauchst, fluchst, rülpst, furzt oder dir in der Öffentlichkeit besoffen auf die Schuhe kotzt, als Frau wirst du dafür stärker verurteilt. Schlechter Stil, Dreistigkeit oder sich ganz einfach einen Sch*** darum zu scheren, was andere denken, sind immer noch männliche Privilegien.

SISSEL HOFFENGH, JOURNALISTIN

Es gibt unglaublich viele intelligente Männer mit dummen Frauen, aber man trifft fast nie eine intelligente Frau mit einem dummen Mann.

ERICA JONG, AUTORIN

Es hält sich das Gerücht, dass Männer starke, unabhängige Frauen lieben. Aber das stimmt nicht. Ich habe Pornos gesehen. Männer mögen asiatische Schulmädchen mit Klebeband über dem Mund.

WHITNEY CUMMINGS, KOMIKERIN

Frauen sollten sich dafür einsetzen, alle stereotypen Vorstellungen von Geschlechtsidentitäten – positive wie negative – zu überwinden.

SUSAN SONTAG, PHILOSOPHIN UND AUTORIN

Wenn man dich Nervensäge nennt, liegt das daran, dass man dir beim ersten Mal nicht zugehört hat. Das sagt mehr über den mangelnden Willen der anderen, zu Hause zu helfen, als über deine Art zu kommunizieren.

GEMMA HARTLEY, AUTORIN

Viele Frauen glauben, dass ihre Liebe einen verzweifelten Mann zu einem besseren Menschen machen kann, aber das funktioniert nicht. Dein Leben wird exakt so gut oder schlecht sein wie der Mann an deiner Seite. Heirate nicht deine gläserne Decke.

CAITLIN MORAN, AUTORIN

Wenn du an eine Tür kommst, die sich nicht öffnen lässt, geh einen Schritt zurück und tritt sie ein. Aber vergiss nicht, sie offen zu halten, damit andere dir folgen können.

MURIEL SIEBERT, GESCHÄFTSFRAU

Einen übergriffigen Drangsalierer in eine andere Abteilung zu versetzen, genügt nicht, damit der Schimmelpilz verschwindet. Er wächst einfach in einem anderen Zimmer weiter. Man muss kräftig durchlüften, um den Geruch von faulen Eiern ein für alle Mal loszuwerden!

ANNE LINDMO, MODERATORIN

Ich tue mich schwer mit diesen Modefotos von Frauen. Ich kann nicht begreifen, wo die ihren Darm haben. Wo IST ihr Darm?

KATINKA BJERREGAARD, MUSIKERIN

Glaube niemandem, der dir sagt, dass du nicht verdienst, wovon du träumst.

TAYLOR SWIFT, SÄNGERIN

Wir werden oft mit dem Gedanken gefüttert, dass es an der Spitze nur einen einzigen Platz für Frauen gibt, und wenn du einer anderen hilfst, nach oben zu kommen, wird sie ihn einnehmen, und nicht du. Bei den Jungs dagegen heißt es, kraulst du meinen Rücken, kraul ich deinen.

DEBORAH FRANCES-WHITE,
DREHBUCHSCHREIBERIN

Hin und wieder unterrichte ich kostenlos. Aber wenn es um Bezahlung geht, werde ich niemals die Arbeit eines Mannes für weniger als den Lohn eines Mannes machen.

CLARA BARTON, KRANKENPFLEGE-
PIONIERIN UND LEHRERIN

Fakt ist, was unklar formuliert wird, wurde unklar gedacht.

HANNA KVANMO, POLITIKERIN

Der Islam braucht eine sexuelle Revolution.

SEYRAN ATEŞ, IMAMIN

Schmerz wird erst echt, wenn du andere von ihm überzeugen kannst. Wenn niemand an ihn glaubt außer dir selbst, ist er nichts weiter als dein Wahnsinn. Deine Hysterie.

NAOMI WOLF, AUTORIN

Sag, was du weißt, und tu, was du tun musst, ganz gleich, was geschieht.

SOFJA KOWALEWSKAJA,
MATHEMATIKERIN

Überall dort, wo es um Macht oder Geld geht, sind Frauen unterrepräsentiert. Wo es um Fürsorge und Pflege geht, gilt das Gleiche für Männer.

SANNA SARROMAA, SOZIOLOGIN
UND AUTORIN

Prostitution ist das Herzstück des Patriarchats.

SARA STRIDSBERG, AUTORIN

Vergiss nie, dass eine politische, wirtschaftliche oder religiöse Krise genügt, um die Rechte der Frau schlagartig in Gefahr zu bringen.

SIMONE DE BEAUVOIR, AUTORIN UND PHILOSOPHIN

Bildung ist nicht das, was wir gelernt haben, sondern das, was übrig bleibt, wenn wir alles andere vergessen.

ELLEN KEY, FRAUENRECHTSAKTIVISTIN

Wenn ein Mädchen eine gute Schulbildung bekommt, heiratet sie später, bekommt weniger Kinder, kümmert sich besser um sie und hat größeren finanziellen Spielraum. Möglicherweise eröffnet sie sogar ein Geschäft und fördert die lokale Wirtschaft. Man bildet nicht nur ein Mädchen, man bildet ein ganzes Dorf.

SHERYL WUDUNN, AUTORIN
UND GESCHÄFTSFRAU

Unser Sexualkundeunterricht bestand darin, dass wir uns in der Sporthalle im Kreis hinsetzten und eine Broschüre über Menstruation bekamen. Das war alles.

BENTE TRÆEN, SEXOLOGIN

Die Wahrheit macht dich frei, aber zuerst macht sie dich stinksauer.

GLORIA STEINEM

Es gibt kein Vergehen, das die Natur härter bestraft, als sich der Veränderung zu widersetzen.

ANNE MORROW LINDBERGH, PILOTIN UND AUTORIN

Um Unterdrückung zu bekämpfen, müssen wir sie nicht am eigenen Leib erfahren haben. Wenn wir anfangen, das zu glauben, endet unser Glaube an Empathie, Denkvermögen, Analyse, Zugehörigkeit, Solidarität und an die Kraft eines Zorns, der größer ist als wir selbst.

NINA BJÖRK, AUTORIN

Marta Breen (1976) ist Schriftstellerin und Journalistin. Sie debütierte 2006 als Autorin und hat seitdem zahlreiche Werke über Frauen in der Kulturbranche, Geschlechterrollen und Feminismus veröffentlicht. Ihre Graphic Novel »Rebellische Frauen«, die in Zusammenarbeit mit Illustratorin Jenny Jordahl entstand, wurde in 28 Ländern ein Bestseller.

ANHANG

Chimamanda Ngozi Adichie (1977), preisgekrönte nigerianische Autorin. Besondere Aufmerksamkeit erhielten ihre Titel »Die Hälfte der Sonne« und »Mehr Feminismus«.

Salma Ahmed, norwegisch-somalische Pädagogin und Gesellschaftskritikerin.

Masih Alinejad (1976), iranisch-amerikanische Journalistin und Aktivistin.

Barbro Alving (1909-1987), schwedische Journalistin, Autorin, Pazifistin und Feministin, auch bekannt unter dem Pseudonym Bang.

Geena Dunne Anderson (1996), australische Feministin, Autorin und Menstruationstassen-Gründerin in Afrika.

Karin »Kajjan« Andersson (1984), schwedische Journalistin, Autorin und Körperaktivistin.

Maya Angelou (1928-2014), amerikanische Poetin, Aktivistin und Multikünstlerin. Der internationale Durchbruch gelang ihr 1969 mit der Autobiografie »Ich weiß, warum der gefangene Vogel singt«.

Seyran Ateş (1963), deutsch-türkische Anwältin, islamische Religionswissenschaftlerin und Feministin.

Margaret Atwood (1939), kanadische Schriftstellerin, Literaturkritikerin, Essayistin und Umweltaktivistin. Wurde mehrfach als Kandidatin für den Literaturnobelpreis gehandelt.

Marie Aubert (1979), Journalistin und Autorin, vor allem bekannt für ihre Novellen und die Erzählbände »Eigentlich bin ich nicht so« und »Kann ich mit zu dir?«.

Jane Austen (1775-1817), britische Autorin der Bücher »Vernunft und Gefühl« sowie »Stolz und Vorurteil«. Ihre Romane sind Klassiker der englischen Literatur.

Nina Åkestam (1984), schwedische Ökonomin, Sachbuchautorin und Sozialkritikerin.

Berit Ås (1928), Professorin, Politikerin und erste Vorsitzende der Sozialistischen Linkspartei Norwegens. Ist besonders dafür bekannt, den Begriff der Herrschtechniken in die gesellschaftliche Debatte eingeführt zu haben.

Kahina Bahloul (1979), französische Imamin und Akademikerin. Vorkämpferin für Reformen innerhalb des Islams und erste Imamin Frankreichs.

Clara Barton (1821-1912), amerikanische Lehrerin, Krankenschwester und Gründerin des amerikanischen Roten Kreuzes.

Line Baugstø (1961), Schriftstellerin und Journalistin. Veröffentlichte zahlreiche preisgekrönte Romane, Novellensammlungen und Kinderbücher.

Simone de Beauvoir (1908-1986), französische Autorin, Feministin und existenzialistische Philosophin. Besondere Bekanntheit erlangte ihr ikonisches Werk »Das andere Geschlecht«.

Lan Marie Berg (1987), Politikerin, Umweltaktivistin und Abgeordnete der Grünen Partei im norwegischen Parlament.

Beyoncé (1981), eigentlich Beyoncé Giselle Knowles-Carter. Eine der weltweit erfolgreichsten Popsängerinnen, zuerst bekannt als der kreative Kopf der R&B-Gruppe Destiny´s Child.

Anne Bitsch (1978), dänisch-norwegische Autorin mit Doktorgrad in Sozialgeografie. Ihr Schwerpunkt liegt auf Menschenrechten, Geschlecht und sexueller Gewalt sowie Rechtsextremismus.

Lucy Birley (1959-2018), britisches Modell und Fotografin.

Katinka Bjerregaard (1991), dänische Singer/Songwriterin und Autorin.

Nina Björk (1967), schwedische Literaturwissenschaftlerin, Journalistin, Schriftstellerin und Feministin.

Cate Blanchett (1969), amerikanische Schauspielerin, Filmproduzentin, Theaterregisseurin, Oscar- und Golden-Globe-Gewinnerin.

Lily Bollinger (1899-1977), französische Champagnerproduzentin.

Andrea Bowers (1965), amerikanische Künstlerin, Feministin und Aktivistin.

Gerd Brantenberg (1941), norwegische Schriftstellerin, Aktivistin und ehemalige Studienrätin. Ihr feministischer Roman »Die Töchter Egalias« (1977) wurde international hunderttausendfach verkauft.

Anja Breien (1940), norwegische Filmregiepionierin.

Gro Harlem Brundtland (1939), norwegische Politikerin und Ärztin. War die erste Premierministerin des Landes und hatte dieses Amt über drei Legislaturperioden hinweg inne.

Mika Brzezinski (1967), amerikanische Fernsehmoderatorin und politische Kommentatorin.

Suzanne Brøgger (1944), dänische Schriftstellerin und feministische Ikone, unter anderem bekannt für ihr kontroverses, 1973 erschienenes Erstlingswerk »*Sondern erlöse uns von der Liebe: Stationen einer neuen Weiblichkeit*«.

Carina Carlsen (1986), norwegische Gleichstellungsberaterin, Universitätsdozentin, Burlesque-Künstlerin und Körperaktivistin.

Coco Chanel (1883-1971), französische Modeschöpferin und Gründerin des Modehauses Chanel. Erlangte weltweite Bekanntheit durch die Kreation des »kleinen Schwarzen« und des Parfums »Chanel No. 5«.

Shirley Chisholm (1924-2005), erste Afroamerikanerin, die in den US-amerikanischen Kongress gewählt wurde. Kämpfte während ihrer gesamten Karriere für Gleichstellung und Gerechtigkeit.

Lucille Clifton (1936-2010), amerikanische Pädagogin, Autorin und Poetin.

Hillary Clinton (1947), amerikanische Politikerin und Juristin. Frühere Senatorin und Außenministerin der USA. Trat 2016 als Präsidentschaftskandidatin gegen Donald Trump an.

Camilla Collett (1813-1895), Autorin und Pionierin der Frauenbewegung. Norwegens bedeutendste Schriftstellerin des 19. Jahrhunderts, schrieb das erste feministische Werk des Landes, »Die Amtmannstöchter«.

Whitney Cummings (1982), amerikanische Stand-up-Komikerin, Schauspielerin, Autorin und Regisseurin.

Angela Davis (1944), amerikanische Autorin, Professorin und politische Aktivistin. Zeichnete sich besonders als Vorkämpferin für die Rechte von Afro-Amerikaner*innen, Frauen, Menschen der LGBTQ-Community und Inhaftierten aus.

Joan Didion (1934-2021), amerikanische Autorin, Professorin, Journalistin und Essayistin, bekannt für ihre Artikel in »The New Yorker Review of Books« und »The New Yorker«.

Kari Diesen (1914-1987), norwegische Schauspielerin, Sängerin und Revuekünstlerin.

Phyllis Diller (1917-2012), amerikanische Schauspielerin und eine der ersten Frauen, die in der Comedyszene der USA den Durchbruch schafften.

Glennon Doyle (1976), amerikanische Autorin und politische Aktivistin in der LGBTQ-Bewegung.

Lena Dunham (1986), amerikanische Filmemacherin, Autorin und Schauspielerin. Wurde weltbekannt durch ihre TV-Serie »Girls«, in der sie selbst die Hauptrolle spielte.

Andrea Dworkin (1946-2005), amerikanische radikalfeministische Autorin und Aktivistin, unter anderem bekannt für ihre Pornografieanalysen.

Rønnaug Eliassen (1911-2014), norwegische Übersetzerin, Anwältin und Frauenrechtlerin. Übersetzte 1970 Simone de Beauvoirs »Das andere Geschlecht« und war im Redaktionsrat der feministischen Zeitschrift »Kvinnen og tiden« engagiert.

George Eliot (1819-1880), britische Autorin. Pseudonym für Mary Ann Evans. Sie war eine der führenden Schriftstellerinnen der viktorianischen Epoche.

Königin Elizabeth II. (1926-2022), von 1952 bis zu ihrem Tod Regentin des Vereinigten Königreichs und Staatsoberhaupt des Commonwealth of Nations.

Annie Ernaux (1940), eine der bedeutendsten zeitgenössischen Schriftstellerinnen Frankreichs. Erhielt 2022 den Nobelpreis für Literatur.

Tuva Fellman (1987), norwegische Moderatorin zahlreicher Fernseh- und Radioprogramme.

Shulamith Firestone (1945-2012), feministische kanadisch-amerikanische Autorin und Aktivistin. Zentrale Figur in der frühen Ausbildung des radikalen Feminismus. Schrieb 1970 das einflussreiche Buch »The Dialectic of Sex«.

Deborah Frances-White (1967), britisch-australische Drehbuchautorin und Komikerin, besonders bekannt für ihren Podcast »The Guilty Feminist«.

Lone Frank (1966), dänische Sachbuchautorin und Wissenschaftsjournalistin. Promovierte in Neurobiologie.

Betty Friedan (1921-2006), amerikanische Feministin, Aktivistin und Autorin. Veröffentlichte 1963 »The Feminine Mystique« (Der Weiblichkeitswahn), das die damalige Hausfrauenideologie hinterfragte und besonders in den USA als Meilenstein in der Entstehung der Frauenbewegung gilt.

Sofie Frøysaa (1989), studierte Grundschullehrerin, Komikerin und Autorin.

Lady Gaga (1986), eigentlich Stefani Joanne Angelina Germanotta. Amerikanische Sängerin, Songschreiberin und Schauspielerin. Unter anderem bekannt für ihre Hitsingles »Just Dance«, »Poker Face« und »Paparazzi«.

Roxane Gay (1974), amerikanische Autorin und Professorin, die mit ihrem Buch »Bad Feminist« 2014 ihren internationalen Durchbruch hatte.

Leymah Gbowee (1972), liberianische Sozialarbeiterin und Friedensaktivistin. Erhielt 2011 zusammen mit Ellen Johnson Sirleaf und Tawakkul Karman den Friedensnobelpreis.

Martha Gellhorn (1908-1998), amerikanische Autorin und Journalistin. Gilt als die bedeutendste Kriegsberichterstatterin des 20. Jahrhunderts.

Azra Gilani (1951), norwegisch-pakistanische Gesellschaftskritikerin und Autorin.

Charlotte Perkins Gilman (1860-1935), amerikanische Soziologin, Autorin und feministische Vorreiterin. Veröffentlichte Romane und Bücher über Ökonomie und Frauenarbeitsmarkt, unter anderem »Woman and Economics«.

Ruth Bader Ginsburg (1933-2020), amerikanische Juristin und Richterin am Obersten Gerichtshof, wo sie durch ihre Entscheidungen als starke Befürworterin der Gleichstellung und der Rechte von Frauen auftrat.

Emma Goldman (1869-1940), Autorin, Feministin und politische Aktivistin. Ursprünglich aus Litauen, migrierte später in die USA. Spielte eine der führenden Rollen in der Geschichte der Anarchie.

Jane Goodall (1934), britische Anthropologin und Primatologin. Gilt als bedeutendste Schimpansenforscherin der Welt.

Trine Skei Grande (1969), frühere norwegische Parlamentsabgeordnete und Vorsitzende der Linkspartei. Von 2018-2020 Kultur- und Integrationsministerin.

Lee Grant (1925), amerikanische Schauspielerin und Regisseurin. Bekam den Oscar für die Rolle der Felicia Carr in »Shampoo« (1975).

Germaine Greer (1939), australische Autorin und Professorin, vornehmlich bekannt für ihr radikalfeministisches Engagement und ihr 1970 erschienenes Buch »Der weibliche Eunuch«.

Sarah Grimké (1792-1873), amerikanische Autorin und Aktivistin für das Wahlrecht der Frauen und gegen die Sklaverei.

Beate Grimsrud (1963-2020), norwegisch-schwedische Autorin, Dramatikerin, Fußballspielerin und Boxerin. Wurde mehrfach für den Nordischen Literaturpreis nominiert.

Matilda Gustavsson (1987), schwedische Journalistin, die bei der Zeitung »Dagens Nyheter« tätig ist. Schrieb 2019 das preisgekrönte Buch »Klubben«, in dem sie sexuelle Übergriffe im Umfeld der Schwedischen Akademie aufdeckte.

Jessica Hallbäck (1981), schwedische Feministin, Schriftstellerin und Künstlerin.

Aasta Hansteen (1824-1908), Malerin und Vorkämpferin für Frauenrechte in Norwegen. Besonders bekannt für ihre Abrechnung mit dem Sexismus in der Bibel.

Kamala Harris (1964), amerikanische Journalistin, Politikerin und erste Vizepräsidentin der USA.

Gemma Hartley (1977), amerikanische Autorin und Journalistin. Ging viral mit ihrem Artikel »Women Aren´t Nags - We´re Just Fed Up«, der die Ungleichverteilung der Hausarbeit zwischen den Geschlechtern anprangert.

Cynthia Heimel (1947-2018), amerikanische Feministin und Autorin, bekannt für ihre satirischen Artikel und Bücher.

Hannah Helseth (1980), norwegische Soziologin, Autorin, Redakteurin und Dramatikerin. Schloss 2006 ihr Masterstudium an der Universität Oslo mit einer Arbeit über sexuelle Belästigung an Schulen ab.

Vera Henriksen (1927-2016), norwegische Autorin mehrerer auflagenstarker historischer Romanserien.

Kat Hernandez, fiktive Figur in der amerikanischen TV-Serie »Euphoria«, verkörpert von Schauspielerin Barbie Ferreira.

Heather Heyer (1985-2017), amerikanische Aktivistin, die während einer antinazistischen Kundgebung getötet wurde.

Vigdis Hjorth (1959), eine der berühmtesten und meistgefeierten Romanautorinnen Norwegens.

Sissel Hoffengh (1968), norwegische Mode- und Kulturjournalistin bei der Zeitung »Dagsavisen«.

Minda Holm (1989), leitende Forscherin am Norwegischen Institut für Internationale Angelegenheiten (NUPI).

Bell Hooks (1952-2021), eigentlich Gloria Jean Watkins. Amerikanische Autorin und Hochschullehrerin, besonders bekannt für ihre Texte über Race, Feminismus und Klassenunterschiede.

Anniken Huitfeldt (1969), norwegische Politikerin und Parlamentsabgeordnete. Bekleidete verschiedene Ministerialämter, u.a. im Kultur- und Außenministerium.

Lindis Hurum (1972), Medienwissenschaftlerin, humanitäre Helferin und Generalsekretärin von »Ärzte ohne Grenzen« in Norwegen.

Siri Hustvedt (1955), norwegisch-amerikanische Autorin, bekannt für ihre Romane, Novellen, Essays und Artikel. Ausgezeichnet mit dem Ehrendoktorgrad der Universität Oslo.

Asta B. Håland (1956), politische Aktivistin, Schriftstellerin und Pionierin der norwegischen Frauengruppe Ottar.

Tove Jansson (1914-2001), finnisch-schwedische Autorin, Comicserienschöpferin und Malerin. Bekannt für ihre »Mummin«-Bücher.

Sara Johnsen (1970), preisgekrönte Filmregisseurin und Autorin. Absolvierte im Anschluss an ihr Studium der Literatur- und Medienwissenschaft eine Regieausbildung an der Norwegischen Filmschule.

Mother Jones (1837-1930), eigentlich Mary Harris Jones. Irisch-amerikanische Lehrerin und Schneiderin. Eine der führenden Gewerkschafterinnen in den frühen Jahren der Arbeiterbewegung.

Erica Jong (1942), amerikanische Autorin und Feministin. Schaffte 1973 den Durchbruch mit dem viel diskutierten, semibiografischen Roman »Angst vorm Fliegen«, in dem sie das Sexualleben einer jungen Frau schildert.

Camara Lundestad Joof (1988), norwegisch-sambische Bühnenkünstlerin, Dramatikerin und Autorin. Hatte großen Erfolg mit ihrem autobiografischen Werk »Ich spreche ständig darüber«, in dem sie den Rassismus im norwegischen Alltag thematisiert.

Sedef Kabaş (1971-1999), türkische Journalistin und Fernsehpersönlichkeit. Erregte internationale Aufmerksamkeit, als sie aufgrund der im

Buch zitierten Äußerung der Beleidigung Präsident Erdogans beschuldigt und verhaftet wurde.

Sarah Kane (1971-1999), britische Dramatikerin, die durch ihre kontroversen Stücke Bekanntheit erlangte, u.a. »Phaidras Liebe« (1996).

Florynce Kennedy (1916-2000), amerikanische Anwältin, Bürgerrechtsaktivistin und radikale Feministin.

Ellen Key (1849-1926), schwedische Pionierin des Feminismus und Autorin.

Jamaica Kincaid (1949), amerikanische Autorin mit karibischen Wurzeln. Professorin an der Universität Harvard.

Melanie Kitti (1986), norwegische Künstlerin, Kuratorin, Poetin und politische Aktivistin.

Lise Klaveness (1981), frühere norwegische Fußballnationalspielerin und amtierende Präsidentin des Norwegischen Fußballverbandes. Engagiert sich für Menschenrechte und LGBTQ-Fragen.

Christine Koht (1967), norwegische Komikerin und Moderatorin, bekannt aus verschiedenen TV- und Radioprogrammen. Schreibt regelmäßig Beiträge für die Zeitung »Aftenposten«.

Sofja Kowalewskaja (1850-1891), russische Mathematikerin. Erhielt 1889 als erste Frau einen Lehrstuhl für Mathematik an der Universität Stockholm.

Gina Krog (1847-1916), norwegische Frauenrechtsvorkämpferin, Politikerin, Redakteurin und Leitfigur im Kampf für das Frauenwahlrecht.

Hanna Kvanmo (1926-2005), norwegische Politikerin, Parlamentsabgeordnete und Parteivorsitzende der Sozialistischen Linkspartei. Früheres Mitglied des norwegischen Nobelkomitees.

Anne Lamott (1954), amerikanische Autorin und politische Aktivistin. Verfasste zahlreiche humoristische, autobiografische Texte über Depression, Alkoholismus und das Leben als Alleinerziehende.

Jennifer Lawrence (1990), amerikanische Schauspielerin und Filmproduzentin, mehrfach mit dem Golden Globe sowie einem Oscar ausgezeichnet.

Fran Lebowitz (1950), amerikanische Autorin, Humoristin und Kulturpersönlichkeit.

Doris Lessing (1919-2013), britische Autorin und Literaturnobelpreisträgerin. Zahlreiche literarische Arbeiten, u.a. das feministische Werk »Das goldene Notizbuch«.

Anne Morrow Lindbergh (1906-2001), amerikanische Schriftstellerin und Pilotin. Verfasste Lyrik, Reiseberichte und Essays. Eines ihres berühmtesten Werke, »Geschenk aus dem Meer« (1955), reflektiert über Ehe und Geschlechterrollen.

Astrid Lindgren (1907-2002), weltberühmte schwedische Autorin der Kinderbücher »Ronja Räubertochter«, »Mio, mein Mio« und der »Pippi Langstrumpf«-Reihe.

Anne Lindmo (1970), bekannte norwegische Fernsehmoderatorin.

Audre Lorde (1934-1992), amerikanische Professorin, Philosophin, Poetin und Bürgerrechtsaktivistin.

Marieme Helie Lucas (1939), algerische Soziologin und Aktivistin. Engagiert sich in säkularen feministischen Organisationen.

Rosa Luxemburg (1871-1919), revolutionäre deutsch-polnische Philosophin, Volkswirtin, Politikerin, Autorin und Redakteurin.

Vibeke Løkkeberg (1945), norwegische Schauspielerin, Filmregisseurin und Autorin. Hat durch eine Reihe feministischer Filme auf sich aufmerksam gemacht, u.a. »Abort« und »Die Offenbarung«.

Catharine A. MacKinnon (1946), amerikanische Autorin, Aktivistin und Juraprofessorin, deren Fokus auf den Themen Vergewaltigung, Prostitution und sexuelle Gewalt liegt.

Anna Mannheimer (1963), schwedische Journalistin und Moderatorin.

Sarah McMane (1983), amerikanische Poetin und Englischlehrerin.

Margaret Mead (1901-1978), amerikanische Anthropologin. Verfasste mehrere populärwissenschaftliche Bücher und erregte besondere Aufmerksamkeit durch ihre Ansicht, dass Geschlechterrollen nicht biologisch festgelegt, sondern kulturell bedingt sind.

Else Michelet (1942-2021), norwegische Moderatorin, Autorin, Humoristin und Frauenrechtlerin.

Bette Midler (1945), amerikanische Sängerin, Schauspielerin und Filmproduzentin.

Helen Mirren (1945), Oscar-prämierte britische Schauspielerin, besonders bekannt für ihre Rollen als Elisabeth I. und Elisabeth II.

Joni Mitchell (1943), kanadische Musikerin, Komponistin und Künstlerin. Zwei ihrer größten Hits sind »Both Sides Now« und »Big Yellow Taxi«.

Margaret Mitchell (1900-1949), amerikanische Autorin, vor allem bekannt für das Epos »Vom Winde verweht« (1936), das die Bürgerkriegsperiode aus der Perspektive der Südstaaten beschreibt.

Narges Mohammadi (1972), iranische Menschenrechtsaktivistin, zurzeit in ihrem Heimatland inhaftiert. Für ihren Kampf gegen die Unterdrückung der iranischen Frauen erhielt sie 2023 den Friedensnobelpreis.

Toril Moi (1953), norwegische Literaturwissenschaftlerin und Professorin an der US-amerikanischen Duke Universität. Befasst sich hauptsächlich mit Schriftstellerinnen und feministischer Theorie.

Amanda Montell (1992), amerikanische Autorin und Linguistin, bekannt für ihr Werk »Wordslut – A Feminist Guide to Talking Back the English Language« (Harper 2019).

Caitlin Moran (1975), britische Journalistin und Autorin, der mit ihrem Werk »Wie ich lernte, eine Frau zu sein« der internationale Durchbruch gelang.

Toni Morrison (1931-2019), amerikanische Autorin und Universitätsdozentin. Erhielt 1993 den Literaturnobelpreis.

Cecilie Mosli (1973), norwegische Schauspielerin und Filmregisseurin. Hat in zahlreichen Filmen und TV-Serien mitgewirkt und sich in den USA als Regisseurin etabliert.

Justine Musk (1972), kanadische Lehrerin und Fantasy-Autorin.

Katti Anker Möller (1868-1945), Pionierin der norwegischen Frauenbewegung. Leistete einen bedeutenden Beitrag zur politischen und gesellschaftlichen Entwicklung im Bereich Kinderrechte, Verhütung und legale Abtreibung.

Live Nelvik (1982), norwegische Journalistin, Moderatorin und Schauspielerin.

Ragna Nielsen (1845-1924), Pionierin der norwegischen Frauenbewegung. Gründete die erste höhere Gemeinschaftsschule für Jungen und Mädchen und war Vorsitzende der norwegischen Frauenbewegung.

Fernanda Nissen (1862-1920), norwegische Autorin, Journalistin und Politikerin. Setzte sich aktiv für Frauenrechte und andere gesellschaftliche Themen ein und spielte eine zentrale Rolle im »Streichholzarbeiter*innenstreik« in Kristiania (Oslo).

Wilma Norris (1921), amerikanische Hausfrau und Mutter von Schauspieler Chuck Norris.

Siri Nørve (1948), Forscherin und Frauenrechtlerin.

Michelle Obama (1964), amerikanische Anwältin, Sozialaktivistin und frühere First Lady der USA.

Alexandria Ocasio-Cortez (1989), amerikanische Politikerin, Aktivistin und Mitglied des Repräsentantenhauses. Prominente Persönlichkeit der politischen Linken und starke Befürworterin des »Green New Deal« in den USA.

Sinéad O´Connor (1966-2023), irische Sängerin und Aktivistin.

Yoko Ono (1933), Multimediakünstlerin, seit den 1960er Jahren für ihre Projekte in Musik, bildender Kunst, Film und Theater bekannt.

Elise Ottesen-Jensen (1886-1973), norwegisch-schwedische Sexualaufklärerin und Gründerin des RFSU (Reichsverband für sexuelle Aufklärung). Engagierte sich für Familienplanung und das Recht der Frau auf Verständnis und Kontrolle ihrer Sexualität.

Emmeline Pankhurst (1858-1928), britische Politikaktivistin. Eine der Gründerinnen der Suffragettenbewegung, die für das Frauenwahlrecht kämpfte.

Alexandra Pascalidou (1970), griechisch-schwedische Journalistin, Moderatorin und Autorin, Universitätsdozentin und Menschenrechtsaktivistin.

Alice Paul (1885-1977), amerikanische Juristin und Frauenrechtlerin. Führende Persönlichkeit im Kampf für das Frauenwahlrecht in den USA.

Nancy Pelosi (1940), profilierte amerikanische Politikerin. Seit 1987 Mitglied des Repräsentantenhauses.

Kat Pickhardt (1988), amerikanische Fotografin, Designerin und Schriftstellerin.

Pink (1979), alias Alecia Beth Moore Hart, amerikanische Sängerin, Songschreiberin und Schauspielerin.

Christine de Pisan (1364-ca.1430), französisch-italienische Autorin und feministische Pionierin. Gilt als erste Autorin, die von ihrer Tätigkeit lebte. Ihr Roman »Das Buch von der Stadt der Frauen« ist eine Abrechnung mit der damaligen Frauenverachtung.

Natalie Portman (1981), israelisch-amerikanische Schauspielerin, Filmregisseurin, -produzentin und Drehbuchautorin, bekannt aus unzähligen Blockbustern.

Fredrikke Marie Qvam (1843-1938), norwegische Frauenrechtlerin, Politikerin und Leiterin humanitärer Einrichtungen. Engagierte sich in zahlreichen Frauenorganisationen.

Elsa Laula Renberg (1877-1931), samische Organisationsgründerin, Rentierzüchterin und Hebamme. Stand 1917 der ersten länderübergreifenden samischen Landesversammlung vor.

Cat Reynolds (1997), amerikanische Autorin und Redakteurin. Ihr Tweet über Rentiere ging im Dezember 2017 viral.

Arundhati Roy (1961), indische Autorin und politische Aktivistin. Erhielt den Booker Prize für ihren Debütroman »Der Gott der kleinen Dinge«. Roy ist scharfe Kritikerin der Globalisierung und des Neoliberalismus.

Nawal El Saadawi (1931-2021), ägyptische Psychiaterin, Autorin, Gynäkologin und feministische Aktivistin.

Sanna Sarromaa (1979), finnische Historikerin, Soziologin, Gesellschaftskritikerin und Autorin.

Amy Schumer (1981), amerikanische Komikerin, Regisseurin und Produzentin. Bekannt für ihre unverblümte, feministische Stand-up-Show.

Gudrun Schyman (1948), schwedische Politikerin und Feministin. Frühere Abgeordnete im schwedischen Parlament, bekleidete für die Linkspartei verschiedene Ämter. 2005 Mitbegründerin der Partei »Feministische Initiative«.

Carolyn See (1934-2016), amerikanische Professorin, Kritikerin und Autorin.

Madame de Sévigné (1626-1696), berühmte französische Briefeschreiberin. Eine Reihe ihrer Briefe wurden in Buchform herausgegeben.

Martha Shelley (1943), amerikanische Aktivistin, Autorin und Poetin. Hauptsächlich bekannt für lesbisch-feministischen Aktivismus.

Muriel Siebert (1928-2013), amerikanische Geschäftsfrau und Börsenmaklerin.

Hanne Sigbjørnsen (1989), Comicserienschöpferin und Bloggerin unter dem Pseudonym »Tegnehanne«.

Nina Simone (1933-2003), amerikanische Sängerin, Pianistin, Songschreiberin und Bürgerrechtsaktivistin.

Ellen Johnson Sirleaf (1938), liberianische Politikerin und Friedensnobelpreisträgerin. Wurde 2005 zur Präsidentin Liberias und damit zu Afrikas erstem weiblichen Staatsoberhaupt gewählt.

Cornelia Otis Skinner (1899-1979), amerikanische Autorin und Schauspielerin.

Tove Smaadahl (1954), norwegische Politikerin und führende Persönlichkeit in verschiedenen Organisationen. Spielte eine entscheidende

Rolle beim Aufbau von Frauenhäusern und Unterstützungsangeboten für Gewaltopfer in Norwegen.

Rebecca Solnit (1961), amerikanische Autorin. Bekannt für ihre Texte über Politik, Feminismus, Umwelt und Kunst. Ihre Essaysammlung »Wenn Männer mir die Welt erklären« (2014) machte sie international bekannt.

Joey Soloway (1965), amerikanische Regisseurin und Serienschöpferin (»Transparent«, »Six Feet Under« und »I Love Dick«).

Nina Solvang (1976), Tierärztin, Schriftstellerin und Gesellschaftskritikerin.

Susan Sontag (1933-2004), amerikanische Autorin und Philosophin, bekannt für ihre Essays über Film, Fotografie, Ethik, Krankheit, Krieg und Pornografie.

Linn Stalsberg (1971), Soziologin, Journalistin und Autorin. Schrieb Bücher über die Auswirkungen des modernen Kapitalismus und Neoliberalismus.

Jeanne C. Stein (1964), amerikanische Fantasy-Autorin.

Gloria Steinem (1934), Journalistin, Redakteurin und eine der bekanntesten Feministinnen der USA. Steinem war Kolumnistin für das »New York Magazine« und Mitbegründerin des »M«-Magazins.

Meryl Streep (1949), vielfach preisgekrönte amerikanische Schauspielerin. Gilt als herausragende Schauspielerin ihrer Generation.

Sara Stridsberg (1972), schwedische Schriftstellerin. Gewann 2007 den Literaturpreis des Nordischen Rates für »Die Fakultät der Träume«. Verließ ihren Lehrstuhl an der Schwedischen Akademie, als der #MeToo-Skandal die Organisation erreichte.

Liv Strömquist (1978), schwedische Comiczeichnerin und Radiomoderatorin. Bekannt für ihre bahnbrechenden feministischen Zeichenserien, u.a. »Einsteins Frau« und »Frucht des Wissens«.

Bertha von Suttner (1843-1914), österreichische Friedensaktivistin und Schriftstellerin, wurde 1905 als erste Frau mit dem Friedensnobelpreis ausgezeichnet.

Taylor Swift (1989), amerikanische Sängerin, Gitarristin und Songschreiberin. Eine der weltweit einfluss- und erfolgreichsten Künstlerinnen.

Anne Swärd (1969), von Kritikern hochgelobte schwedische Autorin und Mitglied der Schwedischen Akademie.

Tuva Ørbeck Sørheim (1971), Verlegerin, Chefredakteurin und ehemalige Buchclubredakteurin.

Hadia Tajik (1983), norwegische Politikerin und Parlamentsabgeordnete der Arbeiterpartei. Wurde 2012 zur Kulturministerin ernannt und war damit die jüngste norwegische Ministerin aller Zeiten.

Elizabeth Taylor (1932-2011), britisch-amerikanische Schauspielerin und Filmlegende aus Hollywoods goldener Ära.

Märta Tikkanen (1940), finnland-schwedische Schriftstellerin und Autorin, bekannt für ihre Werke über Liebe, Beziehungen und gesellschaftliche Herausforderungen.

Dora Thorhallsdottir (1973), norwegisch-isländische Stand-up-Komikerin, Rednerin und Familientherapeutin.

Helle Thorning-Schmidt (1966), dänische Politikerin und erste Staatsministerin des Landes.

Greta Thunberg (2003), schwedische Klimaaktivistin, die 2018 durch ihren »Schulstreik fürs Klima« vor dem Parlamentsgebäude in Stockholm bekannt wurde.

Nadya Tolokonnikova (1989), russische Musikerin und Mitglied des aktivistischen Künstler*innenkollektivs Pussy Riot, wurde 2012 wegen ihres feministischen Engagements zu zwei Jahren Gefängnis verurteilt.

Sojourner Truth (ca. 1797-1883), wurde als Sklavin in den USA geboren. Flüchtete 1826 in die Freiheit und engagierte sich in der Frauen- und Antisklavereibewegung.

Bente Træen (1958-2023), norwegische Autorin, Sexologin und Professorin in Gesundheitspsychologie.

Liv Ullmann (1938), norwegische Regisseurin, Drehbuchautorin und berühmteste Schauspielerin des Landes.

Helene Uri (1964), Autorin, Sprachforscherin und Professorin für kreatives Schreiben am Norwegischen Kinderbuchinstitut.

Maren Uthaug (1972), dänisch-norwegische Autorin und Comicserienzeichnerin mit samischen Wurzeln. Schreibt einen der meistgelesenen Blogs Dänemarks.

Agnès Varda (1928-2019), französisch-belgische Filmregisseurin. Im Fokus ihrer Filme stehen dokumentarischer Realismus, Feminismus und Gesellschaftskritik. Spielte eine wichtige Rolle in der Nouvelle Vague des französischen Kinos.

Malin Lenita Vik (1985), norwegische Politikwissenschaftlerin, politische Beraterin und Sozialkritikerin.

Ann Voskamp (1958), kanadische Autorin. Bloggerin zu den Themen Spiritualität und Religion.

Alice Walker (1944), amerikanische Autorin, Bürgerrechtsaktivistin und Universitätsdozentin. Zu ihren Werken gehören Belletristik und Essays über Rasse und Rassismus, Geschlecht und Frauenpolitik. Ihr bekanntester Roman ist »Die Farbe Lila« (1982).

Herbjørg Wassmo (1942), Autorin und Poetin. Hatte ihren Durchbruch 1981 mit ihrem Debütroman »Das Haus mit dem blinden Glasbalkon«. Eine der Ersten, die Inzest in der norwegischen Literatur thematisierten.

Emma Watson (1990), britische Schauspielerin und Aktivistin. Bekannt durch ihre Rolle der Hermine in den Harry Potter-Verfilmungen.

Katarina Wennstam (1973), schwedische Autorin und Journalistin, besonders bekannt für ihre Bücher über Vergewaltigung und sexuelle Belästigung von Frauen.

Ebba Wergeland (1946), Ärztin, Autorin und Arbeitswissenschaftlerin.

Ebba Witt-Brattström (1953), schwedische Autorin und Literaturprofessorin. Eine der bekanntesten Literaturwissenschaftlerinnen Schwedens. Rückt vergessene oder unterschätzte Frauen der Geschichte ins Rampenlicht.

Naomi Wolf (1962), amerikanische Autorin. Mehrere ihrer in den 90er Jahren veröffentlichten Bücher, vor allem »Der Schönheitswahn«, wurden Schlüsselwerke der neueren Geschichte der feministischen Bewegung.

Mary Wollstonecraft (1759-1797), britische Autorin, Philosophin und Pionierin des Feminismus. Vor allem bekannt für ihr bahnbrechendes Werk »Verteidigung der Rechte der Frau« (1792).

Virginia Woolf (1882-1941), britische Autorin, Literaturkritikerin und feministische Denkerin. Verfasste 1929 den berühmten Essay »A Room of One's Own«.

Sheryl WuDunn (1959), amerikanische Unternehmensleiterin, Autorin, Dozentin und Pulitzerpreisträgerin.

Lois Wyse (1926-2007), amerikanische Werbeleiterin, Autorin und Kolumnistin.

Elin Wägner (1882-1949), schwedische Autorin und Feministin, bekannt für ihre Bücher zu Frauenrechten, der Friedensbewegung, sozialen Fragen und Umweltthemen.

Malala Yousafzai (1997), pakistanische Menschenrechtsaktivistin, bekannt für ihren Kampf um Schulbildung für Mädchen. War 2014 im Alter von 17 Jahren die jüngste Nobelpreisträgerin aller Zeiten.

Clara Zetkin (1857-1933), einflussreiche deutsche Marxistin, Kommunistin und Frauenrechtlerin. Setzte sich u.a. für die Etablierung des Internationalen Frauentages ein.

Die Originalausgabe erschien 2024 unter dem Titel
»Får jeg ikke danse, er det ikke min revolusjon«
bei Res Publica, Oslo.

Das vorliegende Buch enthält eine Sammlung feministischer Zitate und stellt eine Hommage, einen Ausdruck der Wertschätzung und Ehrerbietung, an bedeutende Feministinnen der Geschichte dar. Die hierfür verwendete zitierende Kulturtechnik ist ein prägendes Element des zeitgemäßen kulturellen Schaffens und nach § 51a UrhG gestattet. Gleichwohl haben wir uns in allen Fällen, wo dies möglich war, um die Einholung der Zustimmung der Rechteinhaber bemüht, ohne dass hierzu jedoch eine rechtliche Verpflichtung besteht.

Der Verlag behält sich die Verwertung der urheberrechtlich geschützten Inhalte dieses Werkes für Zwecke des Text- und Data-Minings nach § 44 b UrhG ausdrücklich vor.
Jegliche unbefugte Nutzung ist hiermit ausgeschlossen.

FSC www.fsc.org
MIX
Papier | Fördert gute Waldnutzung
FSC® C106855

Penguin Random House Verlagsgruppe FSC® N001967

1. Auflage
Copyright © der Originalausgabe 2024 by Res Publica, Oslo
Copyright © der deutschsprachigen Ausgabe 2025 by btb Verlag
in der Penguin Random House Verlagsgruppe GmbH
Neumarkter Straße 28, 81673 München
produktsicherheit@penguinrandomhouse.de
(Vorstehende Angaben sind zugleich Pflichtinformationen nach GPSR)
Übersetzung von Evelyn Dahlsrud
Illustrationen von Johanne Hjorthol
Covergestaltung: semper smile, München,
unter Verwendung eines Motivs
von Johanne Hjorthol
Druck und Einband: Print Consult GmbH, München
Printed in Slovakia
ISBN 978-3-442-76307-8

www.btb-verlag.de
www.facebook.com/penguinbuecher